먼지가 되어

김아직 장편소설

연기가 되어

사계절

차례

신께서는 오르트구름을 건너 태양계 행성 형제들의 궤도 안쪽으로 오시었다.

그 잘난 우주 관측소와 천문학자들은 신의 행차를 까마득히 모르고 있었는데, 이는 신께서 그저 맨몸으로 납시었기 때문이다.

－미국 ABC 방송 '굿모닝 아메리카' 난입자 스티븐 램파드 어록 중

1.

1587년에서 1590년 사이 영국 식민지령 로어노크섬에서 115명의 정착민이 사라진 일을 두고 그나마 합리적 가설로 평가받는 두 가지는, 가뭄과 식량난을 피해 주변 원주민 사회로 편입되었다는 편입설과 역시 가뭄과 식량난을 피해 영국 본토나 다른 곳으로 이주하려다가 배가 침몰하여 몰살되었다는 해양침몰설이다. 그 외에도 당시 로어노크섬에 웜홀이 열려서 정착민들이 외계 행성으로 끌려갔다는 웜홀설을 비롯해, 마녀와 특별한 계약을 맺고 다른 차원에 생존하고 있다는 마녀계약설 등 B급 미스터리 수집가의 구미에 맞을 만한 가설들이 여럿 있다.

３년 사이에 정착민들이 흔적도 없이 사라졌다는 건 역사적인 실재이다. 그럼에도 그 사건이 일종의 괴담으로 후대인들에게 소비되는 데에는 정착민들이 나무에 새겨놓고 갔다고 알려진 크로아토안(CROATOAN)이라는 낙서의 공이 지대하다.

크로아토안은 로어노크섬의 남쪽에 위치한 다른 섬의 이름이라고도 알려져 있다. 하지만 그 섬에는 정착민들이 건너온 어떤 흔적도 없었고, 사람들은 나무에 새겨진 크로아토안에 다른 뜻이 있으리라 추측하기 시작했다. 혹자는 그 단어를 마녀의 주술이라 했고, 또 다른 이들은 웜홀 저편에 존재하는 외계 행성의 이름이라고 했다. 이렇듯 1950년대 펄프 픽션 소재로나 쓰일 법한 이야기들이 들끓는 건 크로아토안이라는 단어가 새겨진 경위가 분명하지 않은 탓이다. 명확하지 않은 것은 늘 상상력의 불쏘시개가 되곤 하니까.

그 낙서를 두고 사람들이 흔히들 떠올리는 장면은 모종의 긴급사태에 직면한 정착민 중 누군가가 자신들을 찾아올 사람들(역사적으로는 로어노크섬의 관리자였던 존 화이트 일행)에게 그들의 행적에 관한 힌트를 남기려고 나무에 글자를 새기는 것이다.

이를테면 이런 식이다.

영국에서 원조받은 식량과 물자를 싣고 도착한 존 화이트는 당연히 정착촌 사람들이 정박지로 달려와서 그들을 맞아주리라 생각했다. 하지만 배에서 내려 정착촌에 도착할 때까지 존 화이트 일행을 반겨주는 사람은 없었다. 환영인파는 고사하고 인적 자체가 없었다. 빨랫줄엔 빨아 넌 지 얼마 되지 않은 빨래들이 펄럭거리고, 아궁이 속 불씨도 아직 빨갛게 남아 있는데 사람들이 사라져버린 것이다. 존 화이트가 영문을 몰라서 당황하고 있을 때 저만치 우물 근처 나무 옆에서 수행원 하나가 다급한 목소리로 외쳤다.

"나리, 여기 좀 보십시오!"

수행원이 부르는 곳으로 가보니 나무에 글자가 새겨져 있다.

CROATOAN.

글자 안쪽에 나무의 수분이 아직 남아 있는 걸로 보아 채 반나절도 되지 않은 낙서가 분명했다. 그들은 대체 어디로 갔는가. 115명의 정착민에게 도대체 무슨 일이 생긴 것인가.

하지만 역사적으로 정착민들이 모조리 사라지기까지는 3년이라는 시간적 여유가 있었다. 실종은 존 화이트 일행이 도착하기 직전에 급작스레 벌어진 일이 아니었다. 일행이 왔을 때 정착촌에는 이미 잡초가 무성했다고 알려져 있다. 그러니 로어노크섬 정착민들의 집단 실종 사태를 두고 크로아토안이라는 글자에 집착할 이유는 없다.

중요한 건 그들이 흔적도 없이 사라졌다는 사실 그 자체다.

언제부턴가 사람들은 로어노크섬의 집단 실종 사태를 '배니싱 현상'이라 부르기 시작했다. 그야말로 홀연히 사라졌다는 의미가 강한 용어다. 하지만 역사적, 판타지적 설명이 아닌 제3의 길을 택한 이가 있다. 그는 일생을 두고, 오직 물리적인 인과에 따라서 로어노크섬의 집단 실종 사태를 풀어나가야 한다고 일관되게 주장해온 폴 젠킨스(1937~?)였다.

2.

미국 뉴저지 출생으로 뉴욕 자연사박물관 맞은편에서 간이 기념품점을 운영해온 폴 젠킨스는 실종 사건 전문 아마추어 이론가였다. 그는 2015년에 〈잃어버린 양말 이론: 그들은 그 자리에 있었다〉라는 책을 자비출판하여, 기념품들 사이에 쌓아놓고 팔았다. 하지만 I Love New York 로고가 없는 소책자에 눈길을 주는 관광객은 드물었고, 그의 아내가 소책자들을 폐기처분하기까지 팔려나간 부수는 고작 28권에 불과했다.

〈잃어버린 양말 이론: 그들은 그 자리에 있었다〉(이하 〈잃어버린 양말 이론〉)는 로어노크섬 집단 실종 사태를 다루고 있다. 책에서 폴 젠킨스는 존 화이트 일행이 돌아왔을 당시 115명의 정착민들이 그 섬에 그대로 있었다는 몹시도 황당한 이론을 펼친다. 일명 '잃어버린 양말 이론'이다.

돌아가신 우리 어머니는 문명사회의 교육 혜택을 전혀 받지 못했던 분이다. 그럼에도 어머니는 5남 3녀에 달하는 우리 형제들과 건설현장 인부였던 아버지를 완벽에 가깝게 통제하고 건사하였는데, 그게 가능했던 이유는 어머니가 지독한 유물론자였기 때문이다.

우리 형제들은 아침마다 양말짝을 찾지 못해 야단법석을 떨곤 했다. 분명 방 안에서 벗어서 빨래 바구니에 던져두었는데도 양말이 꼭 한 짝씩 사라지는 것이었다. 양말 말고도 자잘하게 사라지는 것들이 있었기에 당시 우리 형제들은 집 안에 물건을 훔쳐 가는 유령이 있다고 믿었고,

동네에서 드물게 구교 신자였던 아버지는 잃어버린 물건을 찾아주는 안토니오 성인께 기도하라고 했다. 하지만 그때마다 어머니는 특유의 우악스러운 목소리로 일갈했다.

"집구석에서 사라져 봤자 집구석에 있지, 뭔 헛소리들이야! 지들이 아무 데나 벗어놓고 무슨 놈의 유령을 찾고 안토니오 성인까지 호출하고 앉았어!"

어머니의 말대로 잃어버린 양말짝들은 집 안에서 발견되었다. 돌돌 말리고 먼지가 잔뜩 묻은 채로 언제나 우리 앞에 다시 나타났다.

이것이 '잃어버린 양말 이론'의 시발점이다.

사라진 절차와 경위가 오리무중인 실종 사건들은 그 시발점을 되짚어볼 필요가 있다. '누가 그들을 데려갔는가' 혹은 '그들은 어디로 갔는가' 하는 점에 얽매인 시선에서 벗어나야 한다. 우리가 가장 먼저 물어야 할 것은 따로 있다.

그들은 정말 사라졌는가?

존 화이트 일행이 보지 못했을 뿐, 115명의 정착민은 로어노크섬에 그대로 남아 있었던 게 아닐까?

－⟨잃어버린 양말 이론⟩, 26P

이 이론은 실로 황당무계했으나 영향력도 없는 일개

기념품 판매원의 사담에 불과했다. 정색하고 그 이론을 반박하고 나서는 사람이 없는 것도 그 때문이었다. 생수나 뉴욕 굿즈와 함께 〈잃어버린 양말 이론〉 소책자를 구매한 사람들조차 픽 웃고 말았을 뿐이니까.

하지만 폴 젠킨스는 진지했다. 그는 사라진 사람들이 바로 그 정착촌에, 풀대가 웃자라고 오두막 문짝이 주저앉은 채 방치되어 있던 그 마을에 그대로 있었으리라고 확신했다. 폴 젠킨스는 자신의 '잃어버린 양말 이론'을 스스로 증명해 보이려는 듯 석연치 않은 실종으로 생을 마무리했다. 사실 가족과 주변인들의 시야 밖으로 퇴장했다고 하는 게 더 맞을 것이다.

그는 여름휴가로 노스캐롤라이나주 아우터뱅크스에 있는 로어노크섬에 다녀온 뒤, 열흘 만에 본인의 기념품점 안에서 증발했다. 자연사박물관 앞에 설치된 CCTV가 그의 실종을 증명했다. 그가 기념품점으로 들어가는 장면은 찍혔으나 나오는 모습은 어디에도 포착되지 않았다. 경찰들은 폴 젠킨스가 그 협소한 공간에서 납치나 살해를 당했을 가능성을 염두에 두고 조사했지만, 몸싸움의 흔적이나 혈흔은 발견되지 않았다. 다만 그가 일생을 두고 로어노크섬 실종 사건에 매달린 기인이었다는 사실을 고려하여, 그의 실종이 고도의 트릭을 사용한 자발적 쇼일 가능성도 배제하지 않았다.

실제로 폴 젠킨스를 오랫동안 알고 지낸 지인과 주변 상인들도 그의 실종을 두고 크게 염려하는 눈치가 아니었다. 대부분은 걱정 말라고들 했다. 그가 공들여 준비한 피날레이니 즐기라는 이들도 있었다. 이유인즉, 그가 예전부터 이 일을 예고하고 다녔다는 것이다. 언젠가 홀연히 사라졌다가 때가 되면 멀쩡히 돌아올 테니 걱정들 마시라…….

관할 경찰서와 가족들의 미온적인 대처에 의구심을 품은 기자 몇이 이 사건을 캐고 들었다. 하지만 폴 젠킨스는 누구한테 원한을 살 사람이 아니었다. 금전 거래나 종교 문제 등으로 시비가 붙은 적도 없었다. 가족들과 불화가 있었다는 정황도 없었다. 폴의 사망보험금을 청구한다거나 폴의 은행 계좌를 정리하는 움직임도 없었다. 모두가 폴 젠킨스를 어련히 알아서 돌아올 사람 정도로 여기고 있었고, 결국 기자들도 빈손으로 떠나갔다.

한편 폴 젠킨스가 실종된 이듬해, 그의 아내 다음으로 기념품점을 운영하게 된 메이슨 디아즈는 1년 가까이 폴 젠킨스의 소책자를 기념품과 함께 팔았다. 메이슨 디아즈가 판매하던 소책자에는 폴이 제작한 원본에 세 장짜리 별지가 더해져 있었다. 별지에는 폴의 아내 M. J.

젠킨스가 그의 마지막 행적과 실종 당시의 정황을 무미건조하게 정리한 내용이 담겨 있었다.

별지에 따르면 폴 젠킨스는 로어노크섬에서 흙을 한 줌, 헝겊 주머니에 담아서 왔다. 그러고는 몇 날 며칠 그 흙을 신줏단지 모시듯 했다는 것이다. 평생 이론가를 자처하던 사람이 갑자기 섬마을 주술에라도 빠진 거냐며 옆에서 비아냥거려도 폴 젠킨스는 그 흙이 '잃어버린 양말 이론'을 증명할 결정적 증거라는 말만 되풀이했다. 헝겊 주머니는 폴 젠킨스가 사라지던 날 함께 없어진 것으로 추정된다.

별지까지 끼워두었어도 여전히 뉴욕 거리의 관광객들은 소책자에 냉담했다. 별지를 끼운 소책자는 5권이 팔려나간 것으로 알려졌다. 결국 메이슨 디아즈는 해가 바뀌기 전에 소책자 판매를 중단한다고 엠제이 젠킨스에게 통보했고, 소책자 재고들을 전량 폐기했다. 그날 엠제이 젠킨스는 자신의 페이스북 계정에 젊은 시절 비키니 사진과 함께 짧은 글을 올렸다.

"나는 잃어버린 양말을 찾을 생각이 없다."

하지만 2024년 7월, 태평양 건너편의 누군가가 폴 젠킨스의 소책자에 주목하게 된다. 2017년에 뉴욕 여행을 갔다가 우연히 미니어처 머그컵 모양의 I Love NY 굿즈와 소책자를 구매한 강유어였다.

당시 스무 살이던 강유어는 미국에서 관광 가이드로 자리 잡은 사촌언니의 초대를 받아 생애 첫 해외여행이자 미국 여행길에 올랐던 터였다. 자연사박물관 관람을 마치고 길 건너 대로변에서 사촌언니의 픽업을 기다리던 중에 강유어는 우연히 그 소책자를 집어 들었다. 맛집, 갤러리, 쇼핑 등 다양한 분야의 뉴욕 관광 가이드북을 사 모으는 데 열을 올리던 시기라 이름은 좀 특이했지만 그 소책자도 당연히 그런 부류에 속하리라 생각한 것이다.

이 주간의 여행을 마치고 돌아오는 비행기 안에서 강유어는 문제의 소책자를 처음 펼치게 된다. 문장 자체는 수능 영어 2등급 정도의 실력으로도 충분히 감당할 수 있는 수준이었으나, 문제는 내용이 황당무계하다는 점이었다. 두 번 펼쳐볼 일은 절대 없을 듯한 책이었다. 그럼에도 강유어가 소책자를 버리지 않은 것은 〈Lost Socks Theory〉라는 제목 때문이었다. 그 정도 귀여운 제목이면 여행 기념품 삼아 간직하는 것도 괜찮을 듯했다. 그때만 해도 강유어는 7년 뒤에 절박한 심정으로 그

책자를 다시 펼치게 되리라곤 상상조차 하지 못했다.

3.

강유어의 동생 강유슬이 실종되었다.

강유슬은 파주 종합촬영소 집단 실종 사건의 실종자 중 하나였다. 실종 전후의 상황은 놀라우리만치 폴 젠킨스 실종 사건과 유사했다. 사람들이 건물로 들어가는 CCTV 영상은 있으나 건물을 나서는 영상은 어디에도 없었다. 최초 발견자에 따르면 사람들은 온데간데없고 건물 내부에 흙먼지만 수북했다고 한다.

유슬이가 밤새 돌아오지 않았다며 엄마가 연락을 해왔을 때 유어도 다른 일로 밤을 샌 터였다.

또 한 번 헛발질을 했다는 자조와 불면의 밤이었다. 두 달 전 유어는 스마트워치를 중국 쪽 공장으로부터 싼값에 납품받기로 하고 이커머스 플랫폼에 입점을 했다. 하지만 입점 한 달 만에 같은 제품을 유어의 수입원가보다 싸게 파는 업체들이 생겨나기 시작했다. 중국 제조사에 자초지종을 물었더니 유어처럼 몇백 개씩이 아니라 아예 컨테이너 단위로 물품을 사 가는 업체들에게는 공급단가를 낮춰주었다는, 지극히 자본주의적인 답이 돌아왔다.

급한 대로 SNS 바이럴 전문업체에 의뢰해서 광고까지 돌렸으나 망조를 돌이킬 수는 없었다. 같은 제품을 파는 다른 업체들이 우후죽순으로 생겨났고, 유어의 상품은 최저가순, 판매순, 리뷰순 등에서 뒤로 더 뒤로 밀려나기 시작했다. 하는 수 없이 유어도 제 살을 깎아먹는 심정으로 가격을 낮추었다. 일단 스토어의 즐겨찾기 고객이라도 확보한 다음 다른 제품으로 승부를 보려는 심산이었다. 하지만 가격경쟁에 불이 붙자 제품 상자나 워치 시곗줄에 원하는 문구나 이름을 각인해주는 업체들도 생겨났다. 생일 파티나 동창회 기념품 등 단체 주문을 유도하려는 전략이었다. 소량 주문만 들어오는 유어로서는 꿈도 못 꿀 서비스였다. 그 와중에 자고 일어나면 최저가가 갱신되고 있었다. 이대로 가격 하강 속도를 막지 못하면, 스마트워치 구매 시 만 원씩 현금을 껴준다는 업체가 생겨나도 이상할 게 없었다. 가격경쟁에서 일찌감치 도태된 유어는 그 피 튀기는 현장을 구경만 할 뿐이었다. 물론 가뭄에 콩 나듯 주문이 들어오긴 했다. 세상에는 최저가를 찾는 일에 무관심한 사람도 있고, 제품 정보를 대충 보고 지갑을 여는 사람도 더러 있는 법이니까. 언젠가 뉴욕 자연사박물관 맞은편 기념품점에서 유어가 그랬던 것처럼 말이다.

이러구러 죽지 못해 한 달을 버티던 유어는 재고들을 경쟁업체에 넘기고 손을 털었는데 그게 바로 어제의 일이었다. 제조업으로 실패를 맛본 뒤 수입판매로 시선을 돌렸건만 그마저도 여의치 않았던 것이다.

엄마에게서 전화가 걸려 온 건 유어가 편의점 맥주 네 캔을 연거푸 비우고도 잠이 오지 않아서 뜬눈으로 밤을 지새운 뒤였다. 거의 열흘 만의 통화인데도 엄마는 다짜고짜 동생 이야기부터 꺼냈다. 녀석이 간밤에 귀가하지 않았다는 것이다. 유어는 천장을 올려다보며 눈알을 굴렸다. 버릇없고 얄미워 보이니 남들 앞에서는 절대 그러지 말라고, 엄마가 오다가다 지적하던 바로 그 표정이었다. 그러면서도 엄마는 유어에게서 그 표정을 유도해내는 데 탁월한 재능을 발휘했다.

"엄마, 강유슬이 어린애예요? 걔 영화 촬영장 보조출연 아르바이트 갔다면서요. 촬영을 하다 보면 늦어지기도 하고 밤을 새기도 하는 거죠. 보조출연자가 아니라 조연급 유명배우들도 한 컷 찍겠다고 밤새 대기하는 거예사예요. 스물두 살짜리가 일하느라 안 들어온 걸 가지고 너무 오버하고 그러지 마세요. 나도 피곤해."

전화를 끊은 뒤 유어는 긴 날숨을 뱉으며 천장을 올려

다보았다.

엄마 아빠에겐 가정의 문제를 삼등분하여 그중 한 조 각을 당연한 듯 유어에게 짐으로 지우는 버릇이 있었다. 성인이 된 이후에 아니, 하다못해 사춘기라도 지났을 때 부터 그랬다면 유어도 그러려니 했을 것이다. 유어에게 집구석의 무게가 지워진 건 오솔길반 해님반을 전전하 던 유치원생 시절로 거슬러 올라간다. 부부싸움이라도 일어난 날이면 대여섯 살쯤 된 유어가 베란다와 창고방 을 오가며 두 사람의 하소연을 들어주어야 했고, 유슬이 가 태어난 뒤로는 아기 옷과 깔개, 수건 등을 골라서 세 탁기도 예사로 돌렸다. 동갑내기들이 눈 덮인 숲속 마을 을 배경으로 뽀로로 세계관을 확장하고 있을 때 유어는 순면, 삶는 빨래, 건조 따위의 말들을 익히며 자랐다. 유 치원생 유어는 부모와 집구석이 지긋지긋하였는데, 당 시에는 그 표현조차 몰라서 눈을 치뜨고서 천장을 할퀴 듯 눈알만 연신 굴렸다.

스무 살에 독립 자금을 받아 미국 여행을 다녀온 것 도, 이른 나이에 방을 얻어서 집을 나온 것도 모두 식구 들에게서 벗어나기 위한 몸부림이었다. 하지만 유어가 몇 해에 걸쳐 벌려놓은 심리적, 물리적 거리는 이렇듯 전화 한 통으로 무력화되곤 하였다. 혈연의 업보에서 벗어나려면 적어도 태평양 정도의 거리감은 필요할 듯했다. 유어는 미국행을 도미(渡美)라 표현한 조상님들이 옳았다는 생각을 했다. 다른 대륙으로 간다는 건 절연의 대양을 건넌다는 뜻이니까.

유어의 바람과는 달리 도미 자금은 쉬이 모이지 않았다. 대학 진학과 동시에 아르바이트를 시작했으나 수입은 최저 생존 비용을 아슬아슬하게 웃도는 정도였다. 하지만 돈을 번다는 이유로 집안의 경조사비 일부를 담당하게 되었고, 유슬이도 툭하면 손을 벌리는 바람에 지출도 늘어났다. 거기에 더해 점장님, 대리님, 거래처 대표님 등 도처에서 오피스 빌런들이 출몰했고, 유어는 두어 번 싸워보다가 당연한 수순처럼 그 자리에서 밀려나곤 했다. 어쩔 수 없이 편의점에서 카페로, 콜센터로, 영화관으로 다시 편의점으로 횡적 이동만 거듭하느라, 통장잔고는 제로섬 게임을 되풀이하며 0에 수렴하고 있었다. 무슨 수를 내지 않으면 유어의 인생은 알바계의 고위 경력자 혹은 비정규직 노동계의 거물로 끝날 판이었다. 이럴 거면 차라리 내 일을 하자는 마음으로 뒤늦은 대학 졸업과 동시에 사업에 뛰어든 것이 오늘에 이르렀다.

유어는 지난 7년을 되새기며 회한의 한숨을 쉬었다. 대학 선배 아무개처럼 코인에 투자해서 한몫을 챙긴 뒤

발을 뺄걸 그랬나, 통장에 돈이 남아 있을 때 국내외 우량주를 사둘걸 그랬나, 다시 취업전선에 뛰어들어야 하나, 공시 준비를 해야 하나, 별의별 생각들을 지나온 끝에 유어는 이 숨 가쁜 본전치기의 세월이 어디 민물고기 도감에나 나올 법한 이름 석 자 탓이라는 결론에 도달했다.

사실 득달같은 깨달음은 아니었고 늘 느끼던 바였다. 흙길에 던져진 민물고기처럼 숨차게 퍼덕이며 살아가야 하는 팔자는 필시 유어라는 이름에서 유래한 것이리라. 길은 어디에나 있다고들 하는데 유어를 위한 길은 없는 듯했다.

큰 물고기가 흙탕물에 갇힌 형국이라 당장은 일신이 괴로우나 장차 용이 되어 메마른 황무지에 두루 물을 뿌릴 운명입니다.

작년이던가, 이태 전이던가. 홍대 어느 골목의 사주카페에서 그 말을 들었을 때 유어는 입에 머금고 있던 아이스 아메리카노를 시원하게 내뿜고 말았다. 맹세코 고의가 아니었다. 충격과 공포가 유어의 뒤통수를 강타한 것이었다. 평소 농담 반 자조 반으로 구시렁대던 바를 타인의 입으로 듣게 될 줄은 몰랐던 터였다.

"그래, 개명을 하자!"

언제쯤 용이 될지 알 수도 없고, 용이 되어도 재물을

끌어모으거나 사람을 거느리는 게 아니고 마른땅에 물이나 뿌리고 산다지 않는가. 물바가지나 분무기를 들고 다니는 용이라니 상상도 하기 싫었다. 차라리 물고기도 용도 물도 없는 이름으로 바꾸자. 7여 년을 헛발질만 했으니 이제는 뭐든 해야 했다. 늘 찜찜하던 생의 조건 하나를 갈아 엎기로 맘을 먹자 유어는 뛰고 싶어졌다. 숨이 찰 때까지 내달리다 보면 뇌도 환기가 되어 중국발 가격경쟁과 위축된 소비심리를 동시에 돌파할 아이디어가 떠오를지도 모른다. 자기계발서에 보면 성공한 사람들은 샤워나 조깅을 하다가 기막힌 영감을 얻곤 했다지 않던가.

유어는 머리를 질끈 묶고 영원히 스티브 잡스의 운동화로 남을 뉴발란스 992를 꿰신었다. 오피스텔을 벗어나 동물병원 사거리를 지나 호수공원으로 이어지는 샛길로 접어든 순간……. (훗날 유어는 그 순간을 돌이켜 '종말의 전조'라 명명하게 된다.)

이름을 바꾸면 운이 좀 트이지 않을까 기대를 걸어보던 순진한 세상, 어제는 망했으나 내일은 새로운 아이디어로 흥하리라는 달착지근한 낙관주의가 유효한 세상, 세상 곳곳에서 김 아무개, 제임스, 엠마, 링링, 무함마드, 벤야민 들이 일상의 쳇바퀴 속으로 발을 내딛던 그 아침

들이 돌연 막을 내리기 시작했다.

묵시록에서는 종말의 첫 번째 징후로 백마를 탄 기사가 활을 들고 나타난다고 했던가. 유어가 처음으로 목격한 것은 가로수를 붙잡고 입김을 내뿜는 남자였다.

이 나라의 7월 중순은 웬만해선 입김을 육안으로 보기 힘든 시기다. 하지만 남자는 왕벚나무 줄기를 짚고서 턱을 하늘로 돋운 채 끝도 없이 입김을 뿜어내고 있었다. 증기 배출을 시작한다는 경고와 함께 가정집 압력밥솥이 내뿜는 수증기만큼이나 짙은 입김이었다.

여차하면 119를 부를 생각으로 조심조심 다가갔다. 남자는 유어가 접근하는 줄도 모르고, 오장육부의 수분을 모조리 토해낼 기세로 입김을 방출하고 있었다. 나이는 삼십 대로 보이고, 어디 길바닥에서 구르고 토사물을 흘렸는지 회색 톰 브라운 반팔 니트와 검정색 슬랙스는 위생 상태가 좋지 못했다. 남자의 입 둘레에는 농도와 모양이 고르지 않은 붉은 자국들이 원형으로 찍힌 듯이 새겨져 있었다. 남자의 안색은 흙빛을 넘어 점점 더 시커메졌다.

"저기요, 괜찮으세요?"

남자는 꿈쩍도 하지 않았다.

출근길 행인들도 하나둘 몰려들었다. 유어는 입김을

내뿜는 남자를 처음 발견한 자의 책임감을 느꼈다. 저도 모르게 저주 같은 맏이콤플렉스가 작동한 것이었다. 유어는 자신이 저 무구한 군중의 맏이인 것 같았다.

"이봐요, 이봐요!"

유어가 남자의 팔뚝을 건드렸지만 남자는 여전히 미동도 없었다. 몰려든 사람들 중에 선글라스를 머리띠처럼 착용한 여자가 말했다.

"뺨을 살짝 때려봐요. 원래 얼빠진 사람은 뺨을 때리거나 찬물을 끼얹어서 깨워야 해."

유어는 조심스레 손을 뻗어 검지와 중지로 남자의 뺨 가장자리를 건드렸다. 이번에도 별 효과가 없자 119에 전화를 걸었다. 군중과 상황을 공유하는 차원에서 스피커폰을 켰다. 상황실 근무자는 구급차를 보내겠다는 약속 끝에 주의사항을 덧붙였다.

"전염성 괴질환일 가능성을 배제할 수 없으니 환자와의 신체 접촉은 삼가시고요."

말이 끝나기가 무섭게 군중은 슬금슬금 뒤로 물러나기 시작했고, 뺨을 때려보라던 여자가 소리쳤다.

"밀접 접촉자다!"

아, 시발! 유어는 욕이 튀어나오려는 걸 가까스로 참았다. 기껏 용을 쓰고도 좋은 소리 못 들은 게 어디 한두 번이던가. 강유슬에게 라면을 끓여준 날, 모임을 마치고 돌아온 엄마 아빠는 애 짠 거 먹이면 밤새 물켜는 거 모르냐고 언짢아했다. 그 다음번에는 냉장고를 뒤져서 밥과 반찬을 차려주었더니, 애 맛있는 거 좀 해 먹이지 그랬느냐는 소리를 들었다. 당시 초등학생이던 유어는 고래고래 소리를 지르며 대들거나 가슴을 치며 우는 대신 집 앞 골목에 우두커니 나앉아 있었다. 어느 날은 동네 중학생 언니가 지나가면서 왜 그렇게 아빠의 네 번째 결혼식에 끌려온 애처럼 앉아 있냐며 말을 걸었다. 몇 년 뒤에 그 말이 본인의 체험담에서 우러난 비유라는 걸 알게 된 유어는 동네 언니를 찾아갔다. 하지만 언니는 이미 다른 도시로 떠난 뒤였다. 껑충한 키로 팔자걸음을 걸으며 멀어져가던 언니의 뒷모습을 유어는 아직 기억하고 있었다. 어쩌면 그날 언니는 자신이 원하지 않는 삶의 방향으로 끌려가던 중이었는지도 모른다. 성장기 내내 유어가 그랬던 것처럼…….

유어는 아침 하늘을 올려다보며 눈알을 굴리고는, 입김을 뿜는 남자를 뒤로하고 그 자리를 떠났다.

앞으로는 입이 아니라 정수리로 김을 뿜어내는 사람을 봐도 그냥 지나치기로 맘먹었다. 하지만 얼마 가지 않아 호수공원 초입 주차장에서 비슷한 증세를 보이는 사람과 또 마주쳤고 이번에도 걸음이 멈춰졌다. 칠십 대쯤으로 보이는 여자가 SUV 차량의 루프캐리어를 잡고 서서 허연 수증기를 뱉어내고 있었다. 역시나 고개를 뒤로 젖힌 채였다. 119 상황실 근무자에게서 전염성 괴질환의 가능성이 있다는 말까지 들은 상황이었지만 상대는 노인이었다. 그것도 하필이면 유어의 시골 할머니처럼 이마에 M자 탈모가 온 자그마한 노인이었다. 유어는 비말이 튀지 않을 정도의 거리를 유지하며 여자에게 말을 걸었다.

"어르신, 괜찮으세요?"

상대는 반응이 없었다. 여자의 입 주변에는 아까 남자의 얼굴에서 보았던 것과 거의 유사한 붉은 자국이 있었고, 안색 또한 진한 흙빛이었다. 다시 119에 전화를 걸어 여자의 상태와 위치를 알리고 돌아서는데, 뭉근한 기시감이 유어의 뇌리를 스쳤다. 영화의 장면인지 인터넷 괴담인지는 확실하지 않으나 입김을 뿜어대는 사람의 이야기를 어디선가 본 적이 있었다. 그 출처가 복기된 건 오피스텔로 돌아와 냉장고 앞에 섰을 때였다. 냉장고 문에 붙어 있던 I Love NY라고 적힌 미니어처 머그컵이 결정적 힌트였다.

입김을 뿜는 사람의 이야기는 뉴욕의 어느 기념품점

에서 산 소책자에서 읽은 것이었다. 책의 작가인 아무개가 짙은 입김을 내뿜는 정체불명의 질환을 앓다가 실종되었다는 내용이었다. 책은 동생 유슬이와 함께 쓰던 방어딘가에 처박혀 있을 터였다. 그때까지만 해도 유어는 책을 찾아볼 생각까진 없었다. 그래 거기에 비슷한 장면이 나왔었지, 하는 정도였다. 하지만 아빠의 전화 한 통이 분기점이 되어 유어의 우주는 그 책자를 찾는 쪽으로 방향을 틀었다.

"엄마한테 연락 못 받았어? 넌 인마 뉴스도 안 보고 사냐? 여태 자빠져 자는 거면 넌 사람도 아니다. 빨리 티브이라도 켜! 동생이 없어진 줄도 모르고!"

아빠는 열다섯 살 무렵의 유어가 일기에 갈겨쓴 대로 가부장 시대의 끝물 같은 존재였다. 멸종 전 단계에 접어든 가부장제에 혼신의 힘을 다해 들러붙어 있는 따개비였다. 조곤조곤 상의해도 될 일을 냅다 소리부터 지르고 보는 것도 그 따개비들의 특징이었다. 하지만 유어는 지금 아빠의 말투를 걸고넘어질 때가 아니라는 걸 직감했다. 엄마에 이어 아빠까지 저러는 걸 보면 동생에게 무슨 일이 생긴 게 틀림없었다.

YTN에서 속보를 내보내고 있었다.

파주 종합촬영소에서 보조출연자 23명이 한꺼번에

실종되었다는 소식이었다. 어제저녁 8시에서 자정 사이 야간촬영을 위해 대기 중이던 23명의 보조출연자들이 그대로 사라졌다. 믿기지 않았으나 동생의 이름도 실종자 명단에 있었다.

강*슬(22세).

유어는 휴대폰으로 관련 속보들을 훑었다. 보조출연자 전원이 성인임에도 경찰이 사건 발생 하루 만에 이례적으로 이 일을 중대 실종 사건이라 발표한 근거는 CCTV 영상이었다. 실종자들은 저녁 7시 30분과 7시 50분에 두 그룹으로 나뉘어 보조출연자 대기동으로 들어가는 모습이 CCTV에 포착된 이후 행적이 묘연했다. 대기동은 비어 있는데 그들이 건물을 빠져나온 정황은 어디에도 없었다. 대기동 내부에는 CCTV가 따로 설치되어 있지 않아서 그 안에서 무슨 일이 벌어졌는지는 확인할 길이 없다고 했다.

CCTV? 실종?

유어는 또다시 뉴욕에서 산 소책자를 떠올렸다. 보조출연자들의 실종 정황도 소책자에서 읽은 내용과 흡사한 전개였다. 아마도 소책자 본문이 아니라, 작가 아무개의 아내가 후에 첨가했다는 별지에서 읽은 내용일 터였다. 별지에 따르면 작가 아무개도 자신이 운영하던 기념품점 안에서 감쪽같이 사라졌다. 파주 종합촬영소 보조출연자 실종 사건과 마찬가지로, 작가 아무개가 기념품점 안으로 들어가는 장면은 근처 CCTV에 찍혔으나 기념품점에서 나오는 모습은 CCTV 어디에도 없었다.

아빠는 유어더러 집에 가서 엄마를 보살피라 했다. 본인은 다른 실종자 가족들과 함께 종합촬영소 내에 마련된 대책본부에 나가 있겠다는 것이었다. 유어도 군소리 않고 집으로 향했다. 고개를 젖히고 입김을 뿜어대는 남자와 여자, 촬영소 대기동 안에서 홀연히 사라진 보조출연자들 그리고 무슨 예언서처럼 몇 년 전에 이미 이와 비슷한 사례들을 제시해놓은 소책자까지. 유어는 불길하게 얽혀드는 우연들을 곱씹으며 집으로 갔다.

4.

사건이 발생한 건물은 종합촬영소 내에 위치해 보조출연자 대기동으로 사용되는 W관이었다. 종합촬영소의 건설사이자 투자사인 XJ ENM 측이 보조출연자들의 복지를 위해 마련한 소규모 독채로 분장실과 휴게실, 탈의실이 있는 창고형 건물이었다. 위치는 종합촬영소 맨 안쪽, 아직 흙더미와 철근만 쌓여 있는 2차 건설부지 바로 맞은편이었다.

실종자들은 〈마운틴뷰 리조트〉라는 호러영화의 뷔페장 집단감염 신에 투입될 예정이었으며, 이번 사태를 최초로 인지한 사람은 촬영팀 조감독 곽 모 씨였다. 그는 자정 무렵 보조출연자들의 연기와 분장 상태를 최종 점검하러 들렀다가 W관이 텅 비어 있는 걸 발견했다. YTN과의 인터뷰에서 그는 당시 정황을 다음과 같이 증언했다.

"사람들은 흔적도 없고 여기저기 토사만 수북했어요. W관 뒤편이 공사장이니까 흙이 날아들었나 보다 했죠. 당연히 보조출연자들은 세트장으로 이동했으려니 했고요. 저랑 길이 엇갈렸을 수도 있으니까."

하지만 집단감염 신 촬영 시간이 지나도록 보조출연자들은 도착하지 않았다. 막내 스태프들이 흩어져서 찾아다녔지만 허사였고, 인솔팀장도 연락이 되지 않았다. W관 휴게실과 탈의실, 분장실에서 보조출연자들의 것으로 추정되는 휴대폰들이 발견되었는데, 촬영 시간이 되어 두고 나간 게 아니라 손에서 떨어뜨린 것처럼 바닥 여기저기에 흩어져 있었다. 휴대폰을 발견한 스태프가 혹시나 하는 마음에 인솔팀장 김 모 씨에게 전화를 걸었더니, W관 휴게실 테이블 밑에서 진동음이 났다. 보조출연 경력 30년, 인솔팀장 경력 10년 차인 김 모 씨는 연중무휴 24시간 연락이 되는 것으로 유명한 사람이었다. 교통사고로 응급실에 실려 가는 와중에도 제작진의 전화를 받았다는 일화가 영화계에 전설처럼 회자되는 인물이었다. 그제야 사태의 심각성을 깨달은 스태프들이 경찰에 사실을 알렸다.

경찰은 보조출연자들이 공사장 쪽으로 빠져나갔을 가능성을 염두에 두고 조사하였으나, 공사장 CCTV에는 아무것도 찍힌 게 없었다. 공사장 책임자에 따르면 2차 건설부지에는 철근을 비롯한 고가의 건축자재들이 쌓여 있다 보니 CCTV에 사각지대가 존재하지 않았다.

속보들이 쏟아졌다.

집단 실종 사건을 다룬 뉴스들 사이에 간간이 괴질환 소식도 섞여 있었다. 경기 북부 일대에서 탈진 직전까지 입김을 내뿜는 괴질환이 돈다는 뉴스였다. 유어는 아예 집단 실종, 보조출연자 실종, XJ ENM 실종, 경기 북부 괴질환, 고양시 괴질환, 입김 등의 키워드로 구글 알리미 신청을 해두고서 새로 올라오는 소식들을 실시간으로 모니터링했다.

경기 북부 괴질환 관련 소식들은 시간이 지날수록 뜸해지는 양상이었다. 전대미문의 보조출연자 집단 실종 사건이 발생한 데다 질병관리청의 공식입장이 나오지 않아서인지 괴질환은 괴담 정도로 치부되는 듯했다. 괴질환의 직접 목격자이자 실종된 보조출연자의 가족인 유어는 관련 정보들에 신경을 곤두세우고 있었다.

집에 도착한 유어는 엄마에게 항불안제와 물을 챙겨 준 다음 뉴욕에서 산 소책자를 찾아보았다. 문제의 책은 강유슬이 다용도실에 쌓아둔 박스 안에 있었다. 다행히 별지도 반듯하게 접힌 채 끼워져 있었다. 유어는 7년 만에 별지의 내용을 다시 읽었다.

폴이 자연사박물관 맞은편 길에서 뉴욕 관광상품을 판매했다는 건 지인이라면 누구나 아는 사실이다. 폴 젠킨스……. 정수리까지 벗겨져 올라간 이마와 돋보기안경 아래 적당히 선해 보이는 눈알, 몇 년 전 앓았던 뇌경색의 후유증으로 부자연스러운 입 주변 근육. 어딘가 남달랐다고 말하고 싶지만 실제로 보면 그저 흔한 얼굴의 노인네에 지나지 않았다. 어쨌거나 그렇게 생겨먹은 영감탱이 폴. 그는 관광상품 판매점의 성실한 운영자였다. 하지만 그게 고도의 위장술이었다는 걸 아는 사람은 드물 것이다. 그의 마음이라 해야 할지 본체라 해야 할지, 아무튼 그 인간의 정신머리는 평생 로어노크섬에 가 있었으니까. 말하자면 판매점에서 센트와 쿼터를 거슬러주던 그 영감탱이는 폴이라는 인간의 껍데기에 불과했다.

나는 그 껍데기와 무려 55년을 부부로 살았다. 그러니 폴의 이야기는 싫든 좋든 내 이야기이기도 하다는 점을 밝혀둔다. 여러분이 방금 5.5달러에 구매한 〈잃어버린 양말 이론: 그들은 그 자리에 있었다〉의 저자 폴 젠킨스는 2015년 7월, 독립기념일을 이틀 앞두고 실종되었다.

염려 마시라. 범죄의 가능성은 전혀 없으니.

그는 20여 년 전 로어노크섬에 처음 다녀온 뒤로 자신이 언젠가는 먼지처럼 사라질 거라고 입버릇처럼 말해왔다. 그가 사라졌을 때 딸들과 나는 놀라지도 않았다. 마침내 그가 원하던 곳으로 갔겠거니 하고 말았다. 슬프지 않았다면 거짓말이겠으나 폴을 위한 애도는 아니었다. 언제든 떠날 채비를 하고 있는 남자와 살아야 했던 내 지난 삶을 향한 애도였다.

혹자는 나를 의심할지도 모르겠다. 사라질 거라고 습관처럼 말해왔다는 점을 악용하여 내가 폴을 해치웠을 거라고 말이다. 하지만 모르는 소리다. 내가 폴을 죽였다면 그렇게 말끔하고 홀연하게 사라지게 하지는 않았을 것이다. 오버 킬로 멀쩡한 데 없이, 오장육부가 배 밖으로 비어져 나온 몰골로 만들어서 어느 대로변에 던져버렸겠지.

그 인간을 사랑하고 증오한 세월이 무려 반세기 하고도 5년이니까.

이야기가 잠시 곁가지로 새었는데, 내가 이 글을 쓰는 이유는 폴의 마지막 행적을 궁금해하는 사람들이 더러 있어서다. 실종 전 폴은 혼자서 노스캐롤라이나주를 다녀왔다. 그 망할 놈의 로어노크섬 말이다.

그 전에도 삼사 년에 한 번씩은 혼자서 섬에 다녀왔기 때문에 여행 자체는 새로울 것도 없었다. 하지만 늘 빈손으로 돌아왔던 이전까지의 여행과 달리 마지막 여행에선 뭔가를 챙겨 왔다. 가방에서 뭐를 조심조심 꺼내기에 이 인간이 드디어 와이프 선물도 챙기는구나 했는데, 웬걸 흙이었다. 노망이 났는지 섬에서 흙을 퍼 온 것이다. 많은 양도 아니었다. 상비약을 넣어 다니던 작은 헝겊 주머니에 담아 왔으니 한 줌이나 될까 말까 했다. 흙이 든 주머니를 치켜들고 드디어 '잃어버린 양말 이론'을 증명할 수 있게 되었다며 헤벌쭉 웃는데 속이 터져 죽을 뻔했다.

폴 말로는 주머니에 든 흙이 '잃어버린 양말 이론'의 결정적인 증거라 했다. 나는 코웃음을 쳤다. 평생을 두고 실종 전문 이론가를 자처하던 양반이 돌연 섬마을의 주술에라도 빠진 거냐며 비아냥댔다. 하지만 폴은 그 흙을 신줏단지 모시듯 했고, 밥을 먹을 때나 잠을 잘 때나 심지어 똥을 싸러 갈 때도 곁에 두었고, 한번은 흙주머니만 챙겨서 다락방에 올라가더니 사나흘 만에 내려온 적도 있었다. 폴이 사라진 뒤 딸들은 그 흙에 무슨 독성물질이 있었을지도 모른다고 의심했지만, 내 기억으론 그저 평범한 흙에 불과했다. 언젠가 폴이 흙주머니를 열어 보인 적이 있었다.

"여보, 와서 인사해."

기가 막혔지만 대꾸를 안 하면 더 성가시게 굴 것 같아서 장단을 맞춰줬다.

"아이고, 흙 씨 안녕하세요, 하면 돼?"

그랬더니 폴이 주머니에서 흙을 한 줌 집어 보였다. 입자가 곱고 바싹 마른 게 점토 같기도 하고, 먼지를 쓸어 담아놓은 것 같기도 했다.

이런저런 가능성을 따져본 끝에 나와 딸들 그리고 폴의 절친들은 그의 실종이 철저히 계산된 쇼라는 데 의견 일치를 보았다. 그래도 굳이 실종 전의 이상한 징후를 찾아내야 한다면, 그 빌어먹을 입김 얘기를 하지 않을 수 없다. 다락방에서 내려온 날, 그러니까 실종 이틀 전부터 폴은 짙은 입김을 내뿜곤 했다. 처음에는 이 영감이 드디어 노망이 나서 입에 드라이아이스를 물고 있나 보다 생각했다. 하지만 입김 사이로 간간이 보이는 혓바닥은 멀쩡했다. 하도 요상해서 입을 자세히 들여다봤더니 입김은 목구멍에서 솟아나고 있었다. 그러니까 식도나 기도 저 안쪽 오장육부에서 뿜어져 나오는 것이었다.

한여름의 뉴욕에서 입김이라니, 누가 봐도 수상쩍은 일이었다. 병원에 가자 했더니 폴이 펄쩍 뛰었다. 911도 부르지 말고 제발 어디에도 알리지 말아달라고 애원하는 것이었다. 입김은 물론이고 입 주변의 상처도 남들한테 보여서는 안 된다는 것이었다. 나는 그제야 폴의 입 주변에 난 상처들을 다시 살폈다. 스톤헨지의 거석들을 쑥쑥 뽑아낸 자국처럼 원형으로 배치된 상처들이었는데, 폴 말로는 다락방에서 뭐에 물렸다기에 내내 그런 줄로만 알고 있었다. 진드기 같은 내가 아는 벌레에 물린 상처냐고 물었더니 그렇다고 했을 뿐 그 이상은 설명해주지 않았다. 내가 상처에 약이라도 발라주려고 하면 아주 경기를 하며 내 팔을 쳐냈다.

무례한 영감탱이 같으니!

두어 번 그런 일을 겪고 나니까 나도 괘씸한 생각이 들어서 상처가 덧나거나 말거나 내버려두었다.

폴도 주변 시선이 걱정되었는지 집을 나설 땐 마스크를 끼고 피우지도 않는 담배를 들고 나가곤 했다. 그러면 행인들은 폴의 입에서 뿜어져 나오는 게 담배 연기려니 하고 지나쳐 갔다.

　입김이 폴의 실종과 관련이 있는지는 알 수 없다. 실종 당일 폴은 내가 잠든 사이에 집을 빠져나갔다. 후에 주변 CCTV를 확인해보니 기념품점으로 들어가는 폴이 그날 따라 유난히 왜소해 보였는데, 그것 말고 이상한 점은 없었다. 그런데 폴이 기념품점에서 나오는 장면은 어디에도 찍힌 게 없었다.

　폴의 실종 트릭이 무엇이었는지는 모른다. 하지만 나는 폴이 자기가 바라던 곳으로 갔으리라고 확신한다. 아, 그리고 흙주머니도 폴과 함께 사라졌다. 경찰 측에서 흙이 든 주머니를 달라기에 다락방과 기념품점을 다 뒤졌지만 찾을 수가 없었다. 폴이 야무지게 챙겨 간 것이다.

　나는 폴을 기다리지 않을 것이다. 이 별지를 끼운 책자가 잘 팔리면 라구니타스 IPA를 사다 쟁여놓고 홈 파티나 열 생각이다. 이 글을 끝으로 내가 폴의 이름을 혀끝에 올리는 일은 없을 것이다. 아듀, 평생 저밖에 모르던 영감탱이야.

　–사라진 남자 폴 젠킨스의 아내였던 M. J. 젠킨스

　유어는 소책자를 백팩에 담은 뒤 파주로 향했다. 엄마는 집에서 유슬이를 기다려보다가 갈 만한 곳들을 따로 돌아보겠다며 동행하지 않았다. 강유슬의 휴대폰으로 전화를 했더니 신호가 갔다. 하지만 전화는 곧장 끊겼고 대신 '실종자 휴대폰을 경찰이 관리 중이니, 용건은 문자로 남겨주시기 바랍니다'라는 문자메시지가 도착했다.

지하철 역사로 접어들기 전 유어는 보이지도 않는 집 쪽을 돌아보았다.

엄마 딸 유슬이, 꼭 찾아서 돌려보낼 테니까 걱정 마세요.

유어는 어느 책에선가 이 나라의 장녀는 그 자체로 저주라는 글을 읽은 적이 있다. 평생 부모와 동생들의 뒤치다꺼리에서 자유롭지 못한 운명이라는 것이다. 과거 살림 밑천이라는 말로 희생을 강요당하던 것에 비하면 장녀들의 상황이 다소 나아진 듯 보이지만, 실은 가부장제의 몰락에 따른 과장된 착시일 뿐이라 했다. 유어가 보기에 맏딸들의 고난은 끝나지 않았다. 유어가 그 산증인이었다.

공교롭게도 유어의 친구들 중에는 장녀들이 많았다. 학창 시절 학원가 분식집에서 맏이의 애환이 담긴 에피소드들을 듣고 있노라면 괴담도 그런 괴담이 없었다. 유어는 차라리 학교 근처 골목에서 빨간 마스크를 만나거나 밤중에 운동장을 걸어 다닌다는 이순신 동상과 마주

치는 편이 낫겠다고 생각했다. 집구석의 대소사에서 자유로워지려면 물구나무서기로 화장실 변기 칸을 뒤지고 다니는 콩콩 귀신을 만나서 정신줄을 놓아버리는 수밖에 없었다. 맨정신으로 사는 한, 유어와 장녀 친구들은 식구들 일에 절로 팔을 걷어붙이게 돼 있었다. 유어의 경우는 해님반 오솔길반 시절부터 그랬다. 중학교 시절 장녀들의 분식집 회동에서 아무개가 말한 것처럼 맏이란 난치성 병증이었다.

맏이라는 저주와 난치병에서 벗어나는 방법은 하나였다. 가족과의 물리적 거리를 최대한 확보할 것. 실제로 유어는 완벽에 가까운 성공 사례를 하나 알고 있었다. 학업을 핑계로 미국으로 건너간 뒤 아예 그곳에 뿌리를 박아버린 사촌언니 한재원! 한재원은 시차와 물리적 거리를 확보하여 가족의 일상에서 열외되는 방식으로 장녀의 굴레에서 벗어났다. 탈출 장녀의 롤 모델인 한재원을 떠올린 유어는 언니에게도 〈잃어버린 양말 이론〉 소책자가 있다는 사실을 기억해냈다. 7년 전 자연사 박물관 앞 기념품점에서 유어를 픽업한 한재원이 그 책자를 보자마자 한 말이 있었다.

"너도 양말 책 샀구나."

언니도 샀냐고 유어가 되묻자, 한재원은 턱끝으로 조

수석 콘솔 박스를 가리켰다.

"그 안에 있을 거야. 지난주에 가이드했던 손님한테 얻었어. 관광 안내책자라고 착각하고 샀다며 버린다기에 그냥 두고 가시라 했거든. 예전에 유행했다던 펄프 픽션 같던데 아니야?"

그때 유어는 아무 대답도 하지 못했다. 자신도 관광 안내책자인 줄 알고 그 책을 샀던 것이다.

유어는 한재원에게 전화를 걸었다. 오랜만에 안부도 묻고 그 소책자를 읽어봤는지도 확인하고 싶었다. 한재원은 한참 만에 전화를 받았다. 하지만 통신이 불안정한지 한재원의 목소리는 들리지 않고, 소라 껍데기를 귀에 댔을 때 같은 소음이 울렸다.

쏴아, 쏴아아!

5.

경의선 역사를 빠져나와 종합촬영소행 마을버스에 오른 유어는 동생이라는 존재가 인생에 등장하던 날을 떠올렸다. 그날따라 구름 뒤편이 번쩍거리며 마른번개가 쳤고, 평소엔 알은척도 안 하던 길고양이들이 유어를 흘끔거리며 저희끼리 눈짓을 주고받았더랬다. 어딘가 뒤숭

숭한 하루를 보내고 유치원에서 돌아오니 양가 할머니들이 집에 와 있었다. 두 사람이 동시에 집에 오는 건 드문 일이라 유어는 무슨 중차대한 일이 벌어졌다는 걸 직감했다.

"우리 유어는 좋겠네, 동생 생겨서."

"엄마 배 속에 아가 동생이 있대. 우리 유어, 축하한다."

사태를 파악하고 좋다, 싫다 입장을 표명할 틈도 주지 않고 무조건 좋겠다, 축하한다고 했다. 유어에겐 판단의 여지가 없다는 뜻이었다. 특히 손수건으로 연신 눈물까지 찍어내며 축하의 말을 건네는 시골 할머니는 몇 달 전 유어에게 전화를 걸어서는, 산타에게 올해 크리스마스에는 꼭 동생을 달라고 부탁하라던 장본인이었다. 훗날 알게 된 바로 엄마 아빠는 둘째를 갖기 위해 병원도 다니고, 한약도 지어 먹고, 어느 산자락 바위에 돌탑도 쌓았다고 했다. 하지만 그건 두 사람의 사정이었다.

"동생 같은 거 필요 없어. 우웩!"

유어는 엄마 배 속에 든 것이 아가 동생이 아니라 똥덩어리라는 듯 구역질을 했지만 어른들의 관심을 끌지 못했다. 그렇게 강유슬은 몹시도 요란하고 일방적인 방식으로 유어의 인생에 불쑥 들어왔다. 유어는 긴 날숨을 뱉었다. 유슬은 자라는 내내 유어를 짜증과 걱정 사이 어디쯤에 가두던 녀석이었다. 그리고 동생이 실종된 오늘도 유어는 짜증과 걱정 사이 어딘가에 갇힌 것 같았다. 강유슬, 어디서든 버티고 있어라. 내가 어떻게든 너희 엄마한테 데려다줄 테니까. 유어는 가족과의 절연을 꿈꾸지만 자신을 제외한 세 사람이 흩어지는 건 바라지 않았다. 지금까지 그랬던 것처럼 그들 셋은 유어가 떠난 뒤에도 무탈하게 똘똘 뭉쳐 지내야 했다. 이제야 유어는 사촌언니 재원이 미국으로 떠나기 전의 정황들이 이해가 되었다. 당시 이모는 언니가 세뱃돈 통장의 돈을 다 찾아다가 식구들한테 내밀었다며, 지금 생각하면 그년이 부모 형제랑 인연을 끊으려고 작정을 했던 모양이라 했다. 언니에겐 그 세뱃돈 통장의 돈을 가족에게 건네는 게 절연의 예식 혹은 관계의 마침표 같은 거였을 것이다. 유슬이를 찾는 일은 유어가 선택한 마침표였다.

"일찍도 온다!"

아빠의 첫마디였다.

엄마는 늘 아빠의 말투가 본새 없어 그렇지 속은 그렇지 않다고 대리로 변명을 하곤 했다. 하지만 유어에겐 저 말투가 곧 아빠였다. 엄마가 같이 있었다면 맏딸 얼굴 보고 맘이 놓여서 저러는 거라고, 현대시 해설 같은 설명을 곁들였겠지만 다 부질없었다. 강유슬을 찾아서 집에 데려다 놓고 나면, 편도 항공권만 끊어서 마침내 절연의 태평양을 건널 생각이었다. 사촌언니 재원의 곁에서 가이드 일을 배워도 좋을 것이다.

XJ ENM 측이 제공한 실종자 가족 대책본부는 종합 촬영소 입구 쪽에 있는 A세트장 건물이었다. 내벽을 거칠게 뒤덮은 검은 전선들이 불길한 느낌을 자아내는 곳이었다. 덕트 테이프로 칭칭 감아놓았는데도 전선들은 금방이라도 살아나서 세트장 안쪽으로 촉수를 뻗을 것만 같았다. 바로 전날까지 무슨 영화 촬영이 있어서 미처 세트장 정리를 못 했으니 양해 바란다는 안내문이 출입구 쪽에 붙어 있었다.

"경찰은 뭐래요?"

"뉴스도 안 봤냐?"

아빠는 실종자 가족이라는 신원이 명시된 출입증을 유어에게 건네주었다. 유어가 온다 간다 말을 한 적이 없는데도 유어 몫의 출입증을 미리 만들어둔 것이었다. 유어가 출입증을 목에 걸며 말했다.

"여긴 현장이니까 보도되지 않은 정보들도 있을까 해서요."

"두어 시간마다 종합촬영소 측 대변인이라는 젊은 팀장이 와서 상세 브리핑을 해주는데, 그 사람 말로는 이따가 보조출연자 대기동 3차 정밀 수색에 들어간다더라. 어, 마침 저기 팀장이 오네."

아빠가 턱끝으로 가리킨 곳에는 이십 대 후반에서 삼십 대 초반쯤 돼 보이는 남자가 서 있었다. 남자는 반짝거리다 못해 푸릇한 안광이 도는 눈으로 실종자 가족을 훑어보았다. 유어는 저도 모르게 침을 삼켰다. 실종자들에 대한 새로운 사실이 밝혀졌는지도 몰랐다. 어느덧 다른 사람들도 하던 일을 멈추고 팀장을 쳐다보았다. 정확히는 그 사람의 입에 온 신경을 집중하는 것이었다. 이윽고 팀장이란 자가 입을 열었다.

"가족분들, 도시락 신청 인원을 파악해야 하니 가족마다 대표 되시는 분들은 앞으로 나와주시기 바랍니다."

실종자 가족들이 술렁거렸다. 누구는 팀장이 최악의 소식을 가져온 게 아니어서 안도했고, 누구는 기대하던 소식이 아니어서 실망한 눈치였다. 유어로 말할 것 같으면 이도 저도 아니었다. 쓸데없이 심각한 표정을 하고서 맥 빠지는 소리를 내뱉는 팀장을 보고 있으려니 강렬한 기시감이 밀려오는 것이었다. 유어는 가족 대표들에게 에워싸인 팀장 근처로 다가갔다.

175cm 전후의 키에 보통 체격, 매끈한 피부에 적당히 각진 턱, 긴 눈매와 콧날을 부각시키는 티타늄 안경테. 고급스러운 노치트 라펠과 플랩 포켓이 돋보이는 여름 슈트 차림에 아나운서처럼 또렷한 발음까지……. 그는 유어가 굿즈 제작 사업을 하던 시절에 만났던 거래처 송 대표와 놀랍도록 닮아 있었다. 물품 대금은 한 달씩 밀리는 게 예사면서 납품이 반나절 지연되었다는 이유로 자기네 직원들 앞에서 내용증명을 보내겠다느니, 법적조치를 하겠다느니 하며 싸늘하게 짖어대던 송 아무개 그놈. 팀장과 송 대표는 분위기라 해야 할지 냄새라 해야 할지, 아무튼 차분한 개새끼의 느낌이 판박이였다. 유어의 눈길을 느낀 건지 팀장의 시선도 유어에게 머물렀다.

잠시 후 도시락 주문 인원 파악을 마친 오하석이 유어에게 왔다.

"못 보던 분이군요. 오하석 팀장입니다."

어느 틈에 유어의 손에는 명함이 쥐어져 있었다.

"저희도 최선을 다하고 있으니 힘드시더라도 침착하게 기다려주시면 감사하겠습니다."

가까이서 보니 오하석 팀장은 화장을 한 얼굴이었다. 모공이 안 보일 정도로 파운데이션을 꼼꼼하게 펴 바른 솜씨가 유어보다 한 수 위였다. 유어는 속으로 씁쓸하게 웃었다. 이런 대기업에서 일하려면 모공 틈새 하나도 용납하지 않는 자기관리를 해야 하나 보다 싶었다. 유어는 오하석의 목에 걸린 직원증과 자기 목에 걸려 있는 출입증을 갈마보며 다시 한번 쓴웃음을 지었다. 정규직 취업을 포기한 사실이 슬프진 않았지만 뚫지 못한 그 세계가 좁쌀만 한 상처도 남기지 않았다고 말할 자신은 없었다.

"신경 써주셔서 감사합니다."

지극히 형식적인 대화를 끝으로 유어와 오하석은 누가 먼저랄 것도 없이 등을 돌렸다.

유어는 아빠가 있는 A세트장 구석으로 돌아왔다.

"CCTV는 직접 확인해봤어요?"

"여기 모인 사람들이랑 다 같이 봤지."

"영상에서 유슬이를 확인했냐고요."

"내가 내 딸도 못 알아볼까 봐?"

강유슬 일로 속이 타는 와중에도 유어는 '내 딸'이라는 표현이 귀에 거슬렸다. 동생은 늘 엄마 아빠에게 내 딸, 내 새끼라 말해지는 존재였고 유어는 두 사람의 딸, 두 사람의 새끼에 대한 책임이 지워진 존재였다. '언니야, 유슬이 기저귀 좀 가져다다오'로 시작된 지령이 '기저귀 좀 갈아라'로 이어졌다가 나중에는 '애 라면 좀 끓여줘라'로 진화되었다. 고등학교 시절, 유어는 집안의 맏이인 남자 동창들은 동생을 씻기고 먹이는 돌봄노동에 동원되는 일이 드물다는 걸 알게 되었다. 부모 형제의 얼굴을 떠올리면 명치부터 혀뿌리까지 불이 나는 증세는 맏이들의 병이 아닌 장녀들의 화병이었다.

"사람들 틈에 섞여 있어도 누가 내 딸인지는 한눈에 알아봤다."

재차 강조하는 아빠에게 유어는 시큰둥한 소리로 대답했다.

"그러셨구나."

오하석이 있는 취업의 세계도, 아빠가 있는 가족이란 세계도 유어가 뚫고 들어갈 틈은 없었다. 더럽고 치사한 기분으로 그 세계들 곁에서 먼지처럼 떠돌았으니, 유어는 이제 다른 세계를 찾아 떠나고 싶었다.

"현장 좀 돌아보고 올게요."

유어는 출입구 근처에 쌓여 있는 500ml 생수를 하나 챙겨서 대책본부를 빠져나왔다.

구글로 새 소식을 확인했지만, 추측들만 난무할 뿐 이렇다 할 소식은 없었다. 인터넷 댓글을 살피던 유어는 한숨을 쉬었다. 벌써부터 방구석 코난들이 진을 치고 있었다. 창고 내부 어딘가에 거대 싱크홀이 있을지도 모른다는 댓글은 차라리 합리적인 편이었다. 누구는 호러영화인 〈마운틴뷰 리조트〉 제작진이 세팅한 고도의 노이즈 마케팅을 의심했고(실제로 그 영화감독이 노이즈 마케팅을 한 전력이 있다고도 했다.), 또 누구는 사이비 종교의 집단 자살 사건을 들먹이며 악담을 늘어놓았다.

유어는 휴대폰을 주머니에 꽂고는 종합촬영소 맨 안쪽에 있다는 W관으로 향했다. CCTV의 진위여부는 경찰이 확인했을 것이며, 아빠가 강유슬이 찍힌 것을 보았다고 하니 어젯밤에 녀석이 W관으로 들어간 건 확실해 보였다. 그런 다음 〈잃어버린 양말 이론〉의 작가 폴 젠킨스처럼 홀연히 사라진 것이다. 경찰과 과학수사 요원들이 이미 두 차례의 현장 수색을 마쳤으나 범죄의 정황은 발견하지 못했다. 유어가 사건의 외피를 곱씹고 있는데 누군가 말을 걸어왔다.

금발머리에 진회색 눈을 가진 남자였다.

"너도 가족? 나도 말하자면 가족. 내 친구 어젯밤에 여기 왔다가 안 돌아왔어."

"아, 네. 전 동생 찾으러."

대충 대꾸하고 걸음을 재촉하는데 금발머리가 유어의 팔을 건드렸다.

"걱정 안 해도 돼."

"뭐라고요?"

"다들 괜찮아. 그리고 너도 괜찮을 거야. 노 워리즈, 베이비."

부모에게도 들은 기억이 없는 베이비 소리를 금발머리 남자의 육성으로 들으니 글로벌한 분노가 치밀었다.

언제 봤다고 베이비야, 확 씨!

속으로 욕을 뱉고 지나치려는데 남자의 듬성듬성한 수염 사이로 붉고 깊은 상처들이 보였다. 수염에 가려지긴 했어도 인중에서부터 입술 가장자리를 지나 턱을 한 바퀴 돌아서 다시 인중으로 점점이 이어지는 자국과 피딱지들은 호수공원에서 보았던 사람들의 입에서 본 상처들과 일치했다. 폴 젠킨스의 아내가 소책자 별지에서 쓴 표현을 빌리자면 스톤헨지의 거석을 뽑아낸 흔적 같은 상처였다.

"왓츠 유어 네임?"

금발머리는 면밀한 관찰이 필요한 상대였다. 반나절 만에 입 주변에 원형의 상처가 있는 사람을 셋이나 마주칠 확률이 얼마나 될까? 그것도 젊은 남자 하나, 여성 노인 하나, 외국인으로 추정되는 금발머리 하나.

"아직은 브래들리, 결국은 타르디그."

그래서 브래들리라는 건지 타르디그라는 건지 모르겠

지만, 결국 타르디그라 했으니 그게 진짜 이름인 듯했다.

"오케이, 타르디그. 그거 뭐죠?"

유어는 제 입 주변에 둥글게 원을 그려 보였다.

"생명의 키스. 너도 곧 받게 될 거야."

타르디그는 입술을 쫑긋 내밀어 보이고는 유어를 앞질러 갔다. 유어가 남자를 쫓아가는데 휴대폰이 울렸다. 뉴욕에 있는 사촌언니 재원이었다. 유어는 남자가 버추얼 스튜디오라는 간판이 붙은 건물을 지나 W관 쪽으로 가는 것까지 확인하고서 걸음을 멈추었다.

"여보세요, 언니!"

하고 싶은 말이 쌓였는데 유어는 어디서부터 말을 꺼내야 할지 알 수 없었다.

"유어, 내 귀염둥이!"

오랜만에 듣는 사촌언니의 목소리에 유어는 눈물이 날 것 같았다. 식구들 뒤치다꺼리와 취업 실패, 사업 실패로 점철된 인생을 건너고 있는 유어지만 열 살 터울의 사촌언니에게는 귀염둥이일 수도 있었다.

"응, 언니. 아까 전화했는데 안 받더랑."

유어가 혀 짧은 소리로 말했다.

"요즘 좀 바빠서 말이야. 유어, 무슨 일 있어?"

혹시 폴 젠킨스가 쓴 〈잃어버린 양말 이론〉이라는 소

책자를 기억하냐는 물음에 재원이 뜸도 들이지 않고 대답했다.

"알지. 그런데 그 책은 갑자기 왜?"

"혹시 언니도 그 책 읽어봤어? 책에 있던 별지도?"

"응, 다 봤어. 책은 폴 젠킨스가 썼고, 별지는 작가가 실종된 뒤에 아내인 엠제이 젠킨스가 따로 제작해 넣은 거잖아."

재원이 책의 내용을 알고 있다면 유어도 대화를 풀어가기가 훨씬 수월할 것이다. 그런데 그것과는 별개로 재원이 무려 7년 전에 구한 얇은 소책자의 저자명과 별지를 제작한 사람의 이름까지 알고 있다는 데 의구심이 일었다. 유어는 이모가 재원이 제 아버지를 빼닮아서 암기력이 아예 없다며 혀를 차는 것을 들은 적이 있었다.

"언니가 그 책을 기억하고 있다니 신기하다."

"어…… 그게, 실은 요즘 일이 줄어서 오랜만에 책을 좀 읽었거든. 〈잃어버린 양말 이론〉은 펄프 픽션 느낌이 나서 재밌었어."

"아깐 요즘 좀 바쁘다고 그러지 않았어?"

유어가 되묻자 재원은 당황한 듯 한참이나 말이 없다가 피치 못할 사정이 있으니, 이모에게는 아무 말도 하지 말아달라고 했다.

"내가 언니 이야기를 이모한테 왜 해. 그건 걱정 안 해도 돼."

혈육이라면 부모 형제만으로도 지긋지긋한 유어였다. 한 다리 건넌 이모나 고모, 양가 할머니들은 거의 잊고 사는 편이었다.

"고마워. 그런데 그 책은 왜?"

"어젯밤에 파주에서 집단 실종 사건이 발생했어. 사람들이 어떤 건물로 들어가는 장면은 CCTV에 찍혔는데 나오는 장면은 없어. 그런데 건물 안에 아무도 없어. 뭔가 폴 젠킨스 실종 사건과 비슷하지 않아? 실은 실종자 중에 내 친구가 있어."

유어는 유슬이가 실종됐다는 건 비밀에 부쳤다. 가족들에게서 벗어나려 타국에 정착한 재원에게 사촌동생의 일로 걱정을 끼치고 싶지는 않았다. 입김을 내뿜는 괴질 환자에 관한 이야기도 일단은 하지 않기로 했다. 한국에서도 공론화되지 않은 일을 뉴욕에까지 소문낼 필요는 없었다.

"그래서 말인데 언니, 그 뒤로 폴 젠킨스가 어떻게 됐는지 좀 알아봐줄 수 있어?"

"알았어. 내일 오전에 자연사박물관 앞쪽 기념품점들 한번 돌아볼게."

재원의 목소리 뒤편으로 누군가의 웅얼거림 같기도 하고, 쉿소리 같기도 한 기척이 들렸다.

"트아…… 르…… 디…… 으……. 타아…… 르…… 디으……. 트아……."

발음도 뭉개져 있고 뜻 모를 말을 반복하는 걸로 보아 만취한 사람의 목소리인 듯했다. 언니가 이상한 놈과 동거를 하는 건 아닌지 잠시 걱정되었지만, 유어는 재원의 사생활에 대해서는 묻지 않았다. 통화를 마친 유어는 서둘러 W관으로 갔다.

폴리스 라인이 둘러진 W관 입구 근처는 취재진과 실종자 가족들로 발 디딜 틈이 없었다. 유어는 기자들 주변을 얼쩡거리며 오가는 정보들을 주워 모았다. 기자들의 말을 취합해보면 현재 특수 수색대가 투입되어 설계 도면상에 존재하지 않는 내부 공간이 있는지 탐색 중이었다. 보조출연자들이 애초에 이 대기동에 오지 않았을 가능성, 다시 말해 CCTV 영상 자체가 조작되었을 가능성을 염두에 두고 어제저녁에 종합촬영소를 방문한 차량들의 전수조사도 진행 중인 모양이었다. 한참을 더 어슬렁거려도 그 이상의 정보는 얻어지지 않았다.

유어는 W관 내부를 직접 살펴보고 싶었다. W관 출입문은 폴리스 라인과 경찰, 취재진들로 겹겹이 에워싸여 있었다. 유어는 사람들 틈새로 무작정 어깨를 밀어 넣었다.

"실종자 가족입니다. 좀 지나갑시다!"

두어 걸음 전진했다가 다시 한두 걸음 밀려나길 반복하던 끝에 유어는 출입문과의 거리를 2m쯤으로 줄였다. 하지만 더는 한 발짝도 나아갈 수가 없었다. 스크럼을 짠 것처럼 촘촘하게 밀집한 사람들 사이를 뚫을 수가 없었다. 머리라도 밀어 넣어보려고 단발머리가 산발이 되도록 용을 쓰고 있는데, 갑자기 사람들 사이가 헐거워지기 시작했다.

"보조출연자 실종 사건의 XJ ENM 측 대변인입니다."

군중을 두 갈래로 가른 이는 대책본부 건물에서 보았던 오하석 팀장이었다.

"안에 들어가서 수색 상황 확인하고, 4차 브리핑 시간을 갖도록 하겠습니다."

유어는 오하석을 따라 들어갈 준비를 했다. 하지만 오하석이 돌연 유어 쪽을 쳐다보며 사족을 달았다.

"가족분들도 진정하시고, 조금만 더 기다려주시면 감사하겠습니다."

헝클어진 머리카락 너머로 유어는 오하석이 자신을 향해 인상을 찌푸리는 걸 보았다. 오하석의 속말이 들리는 듯했다. 꼬라지 하고는……. 유어는 얼른 머리카락을 쓸어 넘기고는 오하석의 시선을 맞받았다. 네가 뭔 상관! 무언의 대화 끝에 오하석이 출입문 안으로 사라지자 순식간에 길이 닫혔다.

유어는 관계자의 힘을 실감하며 실소했다. 대책 없이 어깨와 머리부터 밀어 넣은 자신이 부끄러웠다. 유어는 뒤로 빠져나온 다음 시어서커 셔츠를 벗어 배낭에 넣었다. 그런 다음 출입증을 뒤집고, 손목에 감고 있던 헤어 밴드로 단발머리를 반묶음 스타일로 바꾸었다. 마지막으로 목이 늘어난 반팔 티의 어깨 봉제선을 좌우대칭으로 정비한 다음 목청을 가다듬었다.

"XJ ENM 부대변인입니다. 4차 브리핑을 위해 현장 점검을 하도록 하겠습니다."

유어는 소리치며 사람들 틈새를 거침없이 파고들어 갔다.

6.

씨알도 먹히지 않았다.

유어는 바깥쪽으로 도로 튕겨나고 말았다. 결국 유어는 제자리에서 뜀을 뛰며 W관 입구 쪽을 살폈다. 출입문 앞에 세워둔 불투명한 가림막 때문에 건물 내부가 보이지 않았다. 유어는 아빠를 비롯한 실종자 가족들 일부가 속이 타는데도 대책본부에만 모여 있는 이유를 알 것 같았다. 현장에 와도 XJ ENM 관계자나 수색대가 아닌 이상 가림막 너머로는 접근이 불가능했다.

제자리 뛰기에 지친 유어가 숨을 몰아쉬고 있는데 사람들이 술렁이기 시작했다. 덩치가 큰 외국인들 서너 명이 한꺼번에 등장한 것이었다. 수군대는 소리들로 보아 다들 그들이 미군임을 알아본 눈치였다. 바지는 제각각이었지만 상의는 군 지급품으로 추정되는 하얀 티셔츠였고, 하나같이 짧게 다듬은 머리에 거대한 흉통을 가지고 있었다. 다들 W관 출입구를 응시할 뿐인데도 위압적인 분위기가 뿜어져 나왔다.

유어는 한숨이 났다. 어째 실종 사건의 맥락이 산으로 가는 느낌이었다. 취재진들도 어딘가 복잡해진 얼굴로 미군들을 흘끔거렸다. 그들은 현장에 간섭하지 않았다. 다들 허리에 손을 짚거나 팔짱을 낀 자세로 W관 입구 쪽을 쳐다보기만 했다. 그럼에도 집단 실종 사건과의 연결 고리를 짐작하기 힘든 그들의 등장은 현장에 새로운 긴장감을 만들었다.

"저 사람들은 왜 온 거예요?"

유어가 근처에 있는 촬영기사에게 말을 걸었지만, 그는 카메라로 미군들의 모습을 은밀히 포착하는 데 여념이 없었다. 다른 촬영기사들도 입구 쪽을 찍는 척하며 미군들을 한 컷이라도 더 담으려고 애를 쓰고 있었다. 유어가 사람들의 밀집이 덜한 곳을 찾아 여기저기 기웃거리고 있을 때, 2차 건설부지 경계벽 근처에서 기침 소리가 났다. 흡연자 무리에서 고꾸라질 듯 기침을 해대는 이는 금발머리 타르디그였다.

타르디그는 담배 연기를 내뿜으며 급히 자리를 떴다. 유어는 조심스레 타르디그의 뒤를 밟았다. 그의 손가락 사이로 새 나오는 건 평범한 담배 연기가 아니었다. 담배 연기보다 훨씬 짙고, 보통 인간이 한 번의 날숨으로는 내뿜을 수 없는 양의 연기였다. 이미 유사 증상 괴질 환자를 둘이나 목격한 유어였다. 게다가 폴 젠킨스도 입김을 감추기 위해 담배를 손에 들고 다녔다고 하지 않던가. 타르디그가 W관 맞은편에 있는 사잇길로 뛰어가자 유어도 속도를 내 따라붙었다. 그는 버추얼 스튜디오를 지나 유명 사극 포스터가 붙어 있는 세트장을 돌아가더니, 돌연 한 손으로 건물 외벽을 짚고 섰다. 유어는 5m 정도 떨어져서 타르디그를 지켜보았다. 그는 구토 직전의 취객처럼 괴로운 표정을 짓더니 고개를 뒤로 확

젖혔다. 타르디그의 입에서 뿜어져 나온 수증기가 골바람을 타고 흩어졌다.

그 괴이한 꼴을 보고 있으려니 유어는 입이 마르는 것 같았다. 배낭 옆 주머니에 꽂고 다니던 생수병을 꺼내어 뚜껑을 땄다. 짜그륵, 뚜껑 돌아가는 소리에 타르디그가 움찔했다. 곧이어 수증기에 가려졌던 얼굴이 유어를 향했다.

"엇, 미안해요. 조용한 데서 물이나 좀 마시려고 왔더니."

유어는 얼른 물을 한 모금 들이켰다.

불과 몇십 초 사이에 타르디그는 몰라보게 달라져 있었다. 불그스름하던 피부는 거뭇거뭇하게 변했고, 얼굴과 목, 팔의 살갗은 붕대를 벗겨낸 미라처럼 건조해 보였다.

"어후 씨, 저게 뭐야?"

유어가 뒷걸음질을 치자 타르디그도 얼굴을 일그러뜨리며 유어 쪽으로 걸음을 내디뎠다. 녀석은 혼자만의 시간을 방해받아서 상당히 언짢은 듯했다. 유어가 대여섯 발짝 물러나다가 다리가 꼬여 주저앉자, 타르디그가 그 위로 날아들었다.

"아악!"

유어가 비명을 내질렀다. 머릿속이 하얘졌다. 붕대를 벗어 던진 미라처럼 생긴 괴질환자의 공격은 살면서 단한 번도 시뮬레이션해본 적 없는 돌발사태였다. 놈은 순식간에 유어의 몸에 올라타서 두 손으로 어깨를 거머쥐었다.

"타르디그! 타르디그!"

놈은 수증기와 함께 제 이름을 두 번 뱉고는 입을 크게 벌렸다.

뿌연 수증기 속에서 잇몸이 튀어나왔다. 원형의 잇몸에 작고 날카로운 이빨들이 촘촘하게 박혀 있었다. 유어는 입김을 내뿜는 사람들의 입 주변에 찍혀 있던 생채기들을 떠올렸다. 그건 타르디그와 같은 구강 구조를 가진 놈들의 이빨 자국이었다. 유어는 공원에서 본 괴질환자들의 얼굴에 이빨 자국을 낸 게 눈앞의 타르디그라고 믿고 싶었다. 다 이놈 짓이다, 돌연변이 하나가 경기 북부일대를 돌아다니며 사람들을 물고 있다, 이렇게 결론을 내리면 그 얼토당토아니한 괴질환 사태도 수습이 가능할 것 같았다. 하지만 타르디그의 입 주변에도 같은 자국이 있다는 건 놈도 누군가에게 물렸다는 뜻인데…….

원형의 부비트랩 같은 잇몸이 입술에 닿을락 말락 하는 순간, 유어가 팔뚝으로 타르디그의 목을 떠받쳤다.

놈은 웃고 있었다. 미라 같은 살갗과 달리 그 눈웃음은 버터나이프로 긁어내고 싶을 만큼 느끼했다. 그 순간 유어는 놈이 단순히 자신을 물어뜯으려는 게 아니란 걸 깨달았다. 놈이 원하는 건 역겨운 형태의 키스였다. 이런 미친! 유어는 팔뚝에 힘을 주고 버텼다. 놈이 입술을 쫑긋거리듯 둥근 잇몸을 움찔거릴 때마다 짙은 수증기가 뿜어져 나와 유어의 귀를 먹먹하게 했다. 습식 사우나에 머리만 집어넣고 있는 것 같기도 했고, 뜨듯하게 데운 소라 껍데기를 귀에 갖다 댄 것 같기도 했다. 수증기는 차츰 옅어지다가 사라졌다. 입김의 장막이 걷히자 동서양을 아우른 고대의 저주들에 때려 맞은 것처럼 생긴 녀석의 얼굴이 드러났다. 암갈색으로 미라화 된 얼굴과 선홍색의 매끈하고 둥근 잇몸의 대비가 유어를 소름 돋게 했다.

습기가 사라진 놈의 숨결에서 매캐한 먼지 냄새가 풍겼다. 예닐곱 살 유어를 앉혀놓고 맏딸의 덕목을 읊어대던 시골 할머니 동네의 폐가들에서 맡았던 그 냄새였다. 엄마를 도와주고 동생을 돌보라는 말을 숨 쉬듯 반복하던 할머니 동네의 그 빌어먹을 먼지 냄새였다. 그날 유어는 할머니에게 물었다. 그럼 나는 누가 돌봐주는데요? 그러자 할머니는 이 귀한 걸 너한테만 준다는 표정으로 속삭였다. 우리 유어는 조상님이 돌봐주지.

조상, 시발······.

그날의 대화가 복기될 때마다 유어는 분노가 치밀었다. 물론 무속인을 찾아다니며 조상님들과의 소통을 중요시해온 점을 고려하면 할머니 입장에서는 조상이 돌봐준다는 말이 덕담이었을 것이다. 하지만 엄마나 아빠, 유슬이, 시골 할머니, 서울 할머니의 이름 중 하나를 말해주길 기다렸던 유어에겐 안 하니만 못한 소리였다. 그 시절 유어는 유슬이를 엄마만큼이나 잘 돌보는 착한 언니 소리를 들으며 손끝에 염증이 생길 때까지 손톱을 물어뜯던 아이였다. 타르디그의 숨결 냄새가 그 묵은 기억을 들추었다. 입자는 발화원과 접촉하면 폭발이 일어나는 법이었다. 눈앞의 저 먼지 냄새 덩어리가 유어의 기억이라는 발화원을 건드려 폭발을 일으켰다.

"누굴 건드려, 이 괴물 새끼가!"

유어는 여태 꼭 쥐고 있던 생수병을 놈의 입에 쑤셔박았다. 꿀렁꿀렁 물이 넘어가자 놈이 컥컥거리며 뒤로 나자빠졌다. 그 틈에 몸을 일으킨 강유어는 타르디그의 옆구리를 걷어찼다.

"너 내가 누군지 알아?"

사실 유어도 자기가 한 말의 답을 알지 못했다. 초등

학교 4학년 때까지 태권도장을 다닌 빨간띠 소유자이
며, 지지부진한 청년 사업가, 실종된 동생을 찾는 언니
라고 구구절절 읊는다 해도 그게 강유어는 아니었다. 지
금 유어가 자신에 대해 아는 거라곤 저 말라비틀어진 괴
물 새끼를 죽여버리고 싶을 만큼 화가 났다는 것뿐이다.

"네놈 정체가 뭐야? 뭐냐고!"

유어는 발로 타르디그의 머리통을 내리찍기 시작했
다. 홧김에 한 번, 응징의 차원에서 한 번, 아까 놈의 무
릎에 깔렸던 갈비뼈가 욱신거려서 또 한 번. 타르디그는
머리통을 싸쥐고 바닥을 굴렀다. 하지만 유어는 멈출 마
음이 없었다. 아빠의 말투가 기분 나빠서 또 한 번, W관
에 못 들어가게 하는 경찰과 관계자들에 대한 반항심리
로 다시 한번! 놈의 머리통을 아주 으깨버릴 작정으로
한쪽 발을 치켜드는데 인기척이 느껴졌다. 아까 W관 입
구에서 보았던 미군들이었다. 유어는 타르디그에게서
물러나며 그들을 향해 더듬거리며 말했다.

"셀, 셀프 디펜스! 이거 정당방위거든요! 이게 막 달
려들더니 키…… 키스를 하려고 하잖아요! 댁들 같으
면……."

"헤이!"

미군 하나가 유어의 말허리를 자르며 타르디그에게

다가갔다. 미군은 코피와 잇몸 출혈로 피범벅이 된 놈의 얼굴을 내려다보았다. 타르디그는 어느새 둥근 잇몸을 감춘 채 숨을 몰아쉬고 있었다.

"슈 어웨이!"

미군 하나가 반대편 골목 쪽으로 턱짓을 하자 타르디그는 코피를 닦으며 재빠르게 달아났다. 강유어는 좀 전까지 타르디그가 뻗어 있던 땅바닥과 미군들을 갈마보았다. 문득 유에스 아미들은 모든 걸 알고 있다는 음모론의 대전제가 떠올랐다. 27년 평생 오늘처럼 음모론이 그럴싸하게 느껴지기는 처음이었다. 방금 유어의 눈앞에서 미군은 확실히 뭔가를 알고 있는 것처럼 행동했다. 미라 같은 몰골의 타르디그를 보고도 놀라는 기색이 없었고, 놈을 무슨 파리 쫓듯 쫓아버렸다. 유어는 돌연 오싹해졌다. 음모론의 입막음 클리셰가 떠오른 탓이었다.

"못 본 걸로 할게요. 입도 다물고 있을게요."

유어는 입에 지퍼를 채우는 시늉을 하며 미군들과의 간격을 벌렸다. 하지만 미군들은 유어에게는 볼일이 없다는 듯 저들끼리 몇 마디 나누더니 다시 W관 쪽으로 발걸음을 돌렸다. 유어도 미군들을 따라 W관 앞으로 돌아왔다. 그들은 아무 일도 없었던 것처럼 다시 팔짱을 끼고서 대기동에 시선을 붙박았다. 미군들을 관찰하던 유어는 자신이 뭔가를 잘못 짚고 있다는 생각이 들었다. 어쩌면 아까 미군들은 유어의 비명을 듣고 달려온 게 아니었을지도 몰랐다. 한꺼번에 몰려오긴 했지만 다들 저벅저벅 걸어서 등장했다. 타르디그의 미라화 된 얼굴을 보고도 무덤덤했고, 유어에게 별도의 질문을 하지도 않았다. 현장에 도착해서 그들이 한 일이라곤 놈의 얼굴을 확인한 뒤 쫓아버린 게 전부였다. 그들은 괴질환에 대해 이미 알고 있는 걸 넘어, 이후 사태를 관찰하는 중이었다. 괴질환에 대한 정보가 유어 같은 민간인에게 확산되는 것도 개의치 않는 관찰자들이었다. 그들은 이미 알고 있는 정보를 살피는 동시에 새로운 사례를 얻으려는 거였다.

또한 타르디그가 있던 현장과 W관을 오간 미군들의 동선으로 괴질환과 실종 사건 사이에 모종의 상관관계가 있음을 유추할 수 있었다. 유어는 엠제이 젠킨스가 별지에 쓴 구절이 떠올랐다. 어느 순간부터 입김을 내뿜던 폴이 홀연히 사라졌다는 내용이었다. 그렇다면 실종자들 역시 입김을 내뿜는 증상을 보이다가 사라졌을 가능성이 있었다.

"유슬아!"

유어는 사람들을 마구 들이받으며 폴리스 라인 쪽으

로 뛰어들었다.

"강유슬 너 거기 있지? 거기 있는 거 다 알아! W관에서 사라졌으면 그 안에 있지 어디 갔겠어! 유슬아, 언니 목소리 들리지? 어떻게든 꺼내줄 테니까 정신 똑바로 차리고 있어!"

경찰들이 유어를 끌어냈다.

"가족분! 여기서 이러시면 사건 해결에 방해만 됩니다."

"놔요! 놓으라고! 내 동생이 저기 있다고요!"

"가족분 진정 좀 하시고요, 대책본부에 돌아가 계시면 언론 브리핑 마치는 대로 가서 말씀드리겠습니다."

언제 나왔는지 오하석 팀장이 소리쳤다. 오하석은 허리를 숙여 폴리스 라인을 빠져나오며 말을 이었다.

"종합촬영소 측 대변인 오하석 팀장입니다. 정밀 수색을 통해 우리 측이 제공한 W관의 설계도면과 실제 W관의 내부는 구조적으로 완벽하게 일치하며, 앞선 두 차례 수색 때와 마찬가지로 밀실을 비롯한 숨겨진 공간은 없는 것으로 확인되었습니다. 세 차례에 걸친 확인 작업으로 XJ ENM이 실종 사건을 주도했다는 의혹은 충분히 해명되었다고 봅니다. 앞으로도 저희 XJ ENM은 경찰 수사에 적극 협조할 것입니다. 하지만 이 시간 이후로 종합촬영소와 관련한 무분별한 의혹 제기에는 법적 대응을 할 것임을 밝혀두는 바입니다. XJ ENM의 명예를 훼손하고 경찰 수사에도 방해가 되는 악플은 저희 법무팀이……."

유어가 코웃음을 쳤다.

"사태에 제대로 대응을 하지 않으니까 악플이 달리는 거잖아요! CCTV 영상에 실종자들이 들어가는 건 찍혔는데 나오는 건 없다면서요. 그러면 저 안에 있는 거죠! 당신들이 만든 저 건물 안에요! 그래, 그거 양말 한 짝!"

유어는 취재진을 둘러보며 한층 더 핏대를 세웠다.

"여러분, 생각을 좀 해보세요. 집에서 벗어 던진 양말 한 짝이 눈에 안 띈다고 다른 도시, 다른 마을로 공간 이동을 한 건 아니잖아요. 집에서 사라진 양말짝은 집 어딘가에 있다! 이거 동서고금 만고불변의 진리 아닌가요?"

강유어가 폴 젠킨스의 '잃어버린 양말 이론'을 인용하여 취재진을 설득하는 모습은 쇼츠 영상이 되어 인터넷에 퍼져나갔다. 유어는 '양말짝 언니'라는 해시태그와 함께 실시간으로 SNS를 점령했다. 수사를 방해하거나 소란을 피운 가족은 대책본부에 발을 들이지 못하게 해야 한다는 실종자 가족협의회의 뜻에 따라 강유어는 종합촬영소에서 추방되었다.

강유어가 집에 도착했을 때 뉴스 채널에선 경찰의 브리핑이 한창이었다. 애초에 사건 현장으로 지목되었던 파주 종합촬영소 내 보조출연자 대기동에는 실종자들이 자의로 은신하거나 혹은 타의에 의해 감금될 만한 공간이 없는 것으로 확인되었으며, 혈흔 같은 범죄의 흔적 또한 발견되지 않았다는 것이다. 브리핑 시간을 기점으로 경찰은 수사를 전국구로 확대할 예정이라 했다.

엄마는 양푼에다 잔멸치볶음과 밥을 비벼서 가져왔다. 파헤쳐진 봉분에 꽂힌 삽자루들처럼 숟가락 두 개가 엉성하게 비벼진 밥 덩어리 위에 꽂혀 있다.

"먹자! 우리 유슬이 멀쩡히 살아 있을 거니까, 우리도 기운 내야지!"

아빠의 말투가 곧 아빠이듯 잔반 같은 비빔밥은 곧 엄마였다. 큰딸은 당연히 자신과 똑같은 무게를 짊어지리라는 믿음과 유어의 취향 따위는 논외라는 듯한 엄마의 무신경함이 저 양푼에 비벼져 있다. 아침부터 내내 빈속이었음에도 불구하고 유어는 입맛이 달아나고 말았다.

파주경찰서로 전국에서 제보가 쏟아져 들어온다는 소식에 엄마는 아예 메모지를 들고 텔레비전 앞에 앉았다. 누구는 어느 낚시터 근처 빠가사리 매운탕집에 보조출연자로 보이는 단체손님이 들어가는 걸 보았다고 했고, 또 누구는 정선 카지노 주차장에서 옷에 가짜 피를 묻힌 보조출연자들이 대거 하차하는 걸 목격했다고 했다. 경찰의 확인 결과 사실이 아니거나 실종자들과는 무관한 일행인 것으로 밝혀졌지만, 경찰은 시민들의 제보를 무엇 하나 허투루 넘기지 않고 면밀히 조사하고 있다고 했다. 뉴스를 보며 뭔가를 받아 적는 것으로 보아 엄마는 빠가사리 매운탕집과 카지노를 둘러볼 작정인 듯했다.

유어는 냉장고에 있던 마카롱 상자를 들고 동생 방으로 갔다. 마카롱 그거 유슬이 거라고 엄마가 소리쳤지만 한 귀로 흘렸다. 마카롱 사달라고 나이에 안 맞는 어리광을 피우는 유슬이에게 마카롱 상품권을 보내준 사람이 유어였다. 유어는 마카롱을 씹어 삼키며 외국에서도 이와 유사한 집단 실종 사례가 있는지 찾아보았다.

배니싱 현상이라는 이름으로 기록된 집단 실종 사건들이 검색되었으나 '잃어버린 양말 이론'의 핵심인 로어노크섬 실종 사건을 제외한 나머지 사건들은 대부분 허위로 판명된 것들이었다. 그 외에 남미에서 학생들이 집단으로 실종되었다가 총살당한 시신으로 발견된 사례들이 더러 있었다. 하지만 유어가 찾는 사건은 입김을 내

뽑는 괴증상을 보이다가 사라진 사람들의 사례였다.

엄마는 양푼비빔밥으로 유어는 마카롱으로 각자 저녁을 때우는 그 시각, 미국 ABC 방송 '굿모닝 아메리카' 생방송 녹화장에서는 유어가 찾는 조건에 부합하는 사건이 벌어지고 있었다.

7.

K-POP 아이돌의 출연 소식에 굿모닝 아메리카 녹화장에는 이른 오전임에도 응원봉을 든 팬들이 빼곡하게 모여 있었다. 앵커들이 K-POP 아이돌을 소개하자 팬들의 박수와 환호가 쏟아졌다. K-POP 아이돌 측에서 무대 도중 깜짝쇼가 있을 예정이니 놀라지 말라 예고했던 터라 객석은 기분 좋은 긴장과 기대감으로 들썩였다. 카메라가 팬들의 상기된 얼굴을 비추던 순간, 객석에서 노신사 한 명이 벌떡 일어섰다. 170cm쯤 되는 키에 호리호리한 체형, 명품 슈트를 갖춰 입은 노인이었다. 깔끔하게 면도된 입 주변에는 상처들이 꽤 있었지만, 단정한 이미지를 해칠 만큼 흉하지는 않았다.

"인류여, 마침내 때가 왔습니다. 창세기는 다시 써질 것이며 인류는 배고픔과 목마름의 굴레에서 자유로워질 것입니다!"

노인을 저지하는 사람은 아무도 없었다. 안전요원도 앵커들도 관객들도 심지어 제작진조차 노인의 등장이 오늘 무대를 위한 사전 이벤트일 거라 넘겨짚은 것이었다. 노인은 객석을 둘러보며 말을 이었다.

"무지한 그대여, 아직도 신을 기다리고 있습니까? 우리가 바로 우리 자신이 기다리고 고대하던 그 신입니다. 여기, 신이 된 자가 있소!"

일부 관객들은 노인이 아이돌을 소개하는 줄 알고 손뼉을 칠 준비를 하고 있었다. 하지만 노인은 고개를 뒤로 젖히고 입김을 내뿜기 시작했다. 그는 오늘 쇼와는 상관없는 불청객이었다. 그제야 뭔가 잘못되었다는 걸 깨달은 관객들이 동요하기 시작했고, 방송은 급히 광고로 넘어갔다. 하지만 노인의 쇼는 끝이 아니었다. 그는 끌려가면서도 소리를 질렀다.

"신께서는 오르트구름을 건너 태양계 행성 형제들의 궤도 안쪽으로 오시었다. 그 잘난 우주 관측소와 천문학자들은 신의 행차를 까마득히 모르고 있었는데, 이는 신께서 그저 맨몸으로 납시었기 때문이다. 새 시대의 창세기 1장 1절!"

노인이 d, p, t 같은 알파벳 파열음을 발음할 때면 더 짙은 입김이 뿜어져 나왔다. 말을 마친 노인은 객석 쪽을 돌아보며 씩 웃었고 이어서 폭발했다. 살점과 피가 튀는 질펀한 형태의 폭발이 아니었다. 흙먼지를 사방에 흩뿌리며 훅 증발해버렸다. 노인은 그렇게 군중의 눈앞에서 사라졌다.

먼지가 되어…….

노인이 사라진 자리에 그가 입었던 명품 슈트와 낡은 속옷이 팔랑팔랑 내려앉았다.

한 시간도 안 되어 현장 수습을 위해 CIA 요원들이 들이닥쳤고 결국 방송은 재개되지 못했다. 굿모닝 아메리카 인스타그램의 최근 게시물은 공연을 기다리던 아이돌 팬들의 항의성 댓글들로 도배가 되었다. 똥과 구토 이모티콘만으로 채워진 댓글도 상당수였다.

CIA 요원들은 객석에 있던 팬들의 신원을 확인하고 오늘 본 것을 비밀로 하겠다는 각서까지 받은 뒤, 차례로 방송국 밖으로 내보냈다. 하지만 노인이 소리를 지르고 입김을 뿜어내는 장면이 이미 생중계된 뒤였으며, 해당 영상은 삽시간에 '뉴욕 바이러스'라는 해시태그와 함께 전 세계로 퍼져나갔다. 객석에서 현장을 목격한 사람들은 비밀유지 각서에 명시된 대로 SNS에 관련 소식을 올리지 않았다. 하지만 입에서 입으로, 한 다리 건너 친구에게로, '너만 알고 있어야 돼'라는 약속을 타고 지구 반대편까지 전해졌다.

정오쯤에는 소셜 사이트 레딧이 관련 소식들로 뒤덮였다. 친구의 친구가 녹화장에 있었다는 어느 유저는 친구의 친구 말을 인용하여 노인의 입김이 딤섬 찜기에서 나오는 스팀 같았다고 했다. 또 다른 네티즌은 먼 친척이 방송국에 있었다며 노인이 흙먼지처럼 공중분해 되었으며, 폭발하기 직전 암살자 같은 미소를 지었다고 했다. 한편 그 모든 게 과장된 소문일 뿐이며 실은 노인이 마술 트릭으로 사람들을 속인 거라는 글이 지속적으로 올라왔는데, 그 밑에는 어김없이 CIA 요원들의 노고를 치하한다는 조롱 섞인 댓글이 달렸다.

오후 1시쯤 노신사의 신원에 대한 글들이 떠돌았다. 노인을 개인적으로 안다는 사람들이 레딧에 등장한 것이었다. 생로랑 슈트에 까르띠에 시계를 착용하고 있던 노신사의 정체는, 록펠러센터를 지나는 뉴욕 지하철의 오렌지색 노선에서 노숙을 하던 64세의 스티븐 램파드였다. 일주일에 한 번씩 스티븐 램파드에게 현금 10달러와 의약품을 기부했다는 한 여성은, 최근 들어 그가 급속도로 야위어갔다고 증언했다. 차마 당사자에게 말은 못 했지만 여성은 램파드가 죽어가고 있다고 생각했다. 지난주부터 지하철 역사에서 스티븐 램파드가 보이지 않자 여성은 그가 사망하여 무연고 시신 매장지로 옮겨진 줄 알았다고 했다. 하지만 스티븐 램파드는 멀쩡히 살아 있었고, 어디선가 명품 옷까지 구해 입고서 생방송 카메라 앞에 등장한 뒤 기이한 방식으로 폭발했다.

한재원이 스티븐 램파드의 존재를 인지한 건 뉴욕 시각으로 오후 3시경이었다. 폴 젠킨스의 소식을 알아내려고 자연사박물관 근처로 갔다가, 한 무리의 사람들이 스티븐 램파드의 이름을 연호하며 센트럴파크 쪽으로 몰려가는 걸 목격했다. 재원은 그제야 휴대폰 화면에 뜬 SNS 알람을 훑었다. 정신이 없어 미처 자세히 들여다보진 못했지만, 알람에는 스티븐 램파드라는 이름이 반복적으로 보였다. 사정상 일을 쉬고 있기는 했지만 관광 가이드라는 직업을 아예 때려치우지 않는 한 현지 소식들을 업데이트해둘 필요가 있었다. 걸음을 멈춰 서 구글 검색창에 스티븐 램파드의 이름을 입력한 재원은 입이 떡 벌어질 지경이었다. 그는 등장과 동시에 퇴장한, 정확히는 생방송 카메라 앞에 모습을 드러냈다가 현장에서 폭발한 기인이자 현시점에서 가장 핫한 스타 중 하나였다. 검색된 정보들은 모조리 몇 시간 전에 올라온 것들로, 짙은 입김을 뿜어내다 사람들의 눈앞에서 폭발했다는 스티븐 램파드의 정체에 관한 글들이었다.

입김……. 재원은 최신 정보를 찾다 사람들이 센트럴 파크 쪽으로 몰려간 이유를 알게 되었다. 방송국에서 흙 먼지처럼 흩어진 스티븐 램파드가 다시 멀쩡한 모습으로 센트럴파크 발토 동상 옆에서 목격되었다는 것이었다. 재원은 단숨에 발토 동상이 있는 곳으로 뛰어갔다.

과연 소문대로 깔끔한 차림새의 노인이 한 팔을 발토 동상에 걸친 채 설교를 하고 있었다. 그가 입을 벌릴 때마다 까맣게 썩거나 부러져 나간 이빨들이 드러났다. 명품 슈트와 썩은 이빨의 부조화가 그를 더 돋보이게 했다. 규정될 수 없는 존재는 경외감을 주기 마련이었다. 재원은 노인의 얼굴을 뚫어져라 보았다. 노인의 입 둘레에는 뭔가에 찍힌 듯한 상처들이 있었다. 인중에 하나, 오른쪽 윗입술 근처에 세 개, 왼쪽 입꼬리 쪽에 또 하나, 아랫입술에서 1cm쯤 내려온 곳에 두 개……. 상처들의 분포가 고르진 않았지만 전체적으로는 원형을 이루고 있었다. 엠제이 젠킨스는 남편 폴의 입 주변에 스톤헨지 모양의 상처가 있었다고 했다. 그리고 재원은 입 주변에 비슷한 형태의 자국이 있는 사람을 한 명 더 알고 있다. 재원의 연인인 벳시 슈래더였다. 벳시는 지금 재원이 사는 장기투숙 모텔방에 숨어 있다.

"……트릭 같은 건 없습니다. 오직 진실만이 인간을 자유롭게 하는 법 아니겠소. 노숙자였던 내가 새 삶을 얻은 것입니다. 이제 나는 어디에도 매인 몸이 아닙니다. 원치 않는 시설이나 지하철 역사에 갇혀 지낼 필요가 없습니다. 보셨지 않습니까. 나는 먼지가 되어 흩어졌다가, 이렇게 내가 원하는 곳으로 왔습니다."

노인은 군중을 천천히 둘러보았다. 누가 먼저 시작했는지 박수가 쏟아졌고, 재원도 얼결에 손뼉을 쳤다. 노인이 흡족한 얼굴로 말을 이었다.

"여러분 중에 나처럼 되고자 하는 이가 있습니까? 먼지와 인간의 몸을 오가며 시공을 초월하는 존재가 되고자 하는 이가 있습니까?"

그러자 여기저기서 손을 치켜들었다.

"저기 또 저기, 신이 되려는 자들이 있군요! 좋습니다. 지원자들은 오늘 밤에 나와 만납시다. 전망 좋은 곳에서 기다리고 있으면 내가 그대들을 찾아가겠소. 거기서 또 다른 군중들이 지켜보는 가운데 신이 되는 예식을 치릅시다."

그 말을 끝으로 스티븐 램파드는 고개를 젖히고 수증기를 뿜어내더니 퍽! 하고 터졌고, 이내 사라졌다. 이번에도 노인이 사라진 자리에는 옷가지들이 내려앉았다.

군중은 탄성을 쏟아냈다. 재원은 스티븐 램파드가 사라지는 과정을 눈을 부릅뜨고 지켜보았다. 사라지기 직전 그는 처음보다 많이 야위어 보였지만 여전히 평범한 노인이었다. 군중들 대부분은 '아메리카 갓 탤런트' 출연자의 매직쇼를 본 표정으로 흩어졌고, 10명 남짓한 지원자들만 남아 서로 쭈뼛거리고들 있었다.

재원도 그중 하나였다.

엄밀히 말하면 지원자는 아니었고, 스티븐 램파드에게 개인적으로 물어볼 게 있었다. 왜 당신은 수증기를 뿜어낸 지 일 분도 안 되어 먼지처럼 훅 사라지는데 누구는 미라처럼 살갗이 건조해지기만 하는지, 왜 당신은 자칭 신이 되어 돌아다니는데 누구는 괴이한 신체 증상으로 고통스러워하는지, 그 사람을 평범한 인간으로 되돌리거나 당신처럼 신으로 만들려면 어떻게 해야 하는지 묻고 싶었다. 벳시 슈래더를 위해서였다. 재원의 연인인 벳시는 첫 증상 발현 후 지금까지 집에만 갇혀 있었다.

이 주 전쯤, 벳시는 새벽같이 재원이 좋아하는 베이글을 사러 간다며 나갔다가 사흘 만에야 돌아왔다. 뭔가에 부딪혀서 넘어졌는데 갑자기 미친 듯이 잠이 쏟아졌다고 했다. 길바닥에서 잠든 것 같은데 깨어나보니 72시간이 지났더라는 것이었다. 재원은 그런 개소리를 믿어주고 싶지 않았지만 벳시의 옷은 베이글을 사러 가던 그날 차림 그대로였고, 주머니에 꽂고 나간 지폐도 그대로였다. 달라진 점은 입 주변에 난 희한한 상처들뿐이었다. 본인 말로는 휴대폰에 정신이 팔린 채 걷다가 뭔가에 부딪혔다는데 재원이 보기엔 단순 충돌에 의한 찰과상 같지 않았다.

스무 개가 넘는 상처가 입을 둥글게 에워싸고 있었다. 원뿔 모형 같은 것에 찍힌 듯한 상처였다. 강도상해나 묻지마 폭력을 당한 거냐고 물었지만, 벳시는 평소 그녀답지 않게 고개만 저었다. 병원도 안 가겠다고 우겨서 재원이 상처 부위를 소독만 해주었다. 그날 오후부터 벳시는 짙은 입김을 뿜어내기 시작했다. 본인이 원해서가 아니라 취객이 구토를 하듯 입김을 토해내는 것이었다. 처음에는 고개를 숙인 자세로 입김을 뿜었지만, 나중에는 스스로 고개를 뒤로 꺾어서 수증기가 빨리 빠져나가도록 했다. 오 분쯤 지나자 눈에 띄게 인체의 변화가 시작되었다. 온몸의 피부가 실시간으로 바짝 말라가다가 점점 검붉은색을 띠며 육포처럼 딱딱해졌다. 다행히 정신을 잃기 직전 벳시는 자신의 생존을 가능케 할 중요한 말을 남겼다.

"무울…… 존나 목 말라……."

재원은 벳시에게 물을 먹이려다 실수로 그녀의 턱과 목에 물을 쏟았다. 물이 닿은 곳마다 살갗이 도로 부풀어 올랐다. 재원은 혹시나 하는 마음에 벳시를 안아다가 욕조에 눕히고 물을 받았다. 그러자 바싹 말랐던 살갗에 수분이 차오르기 시작하더니 이내 원래의 모습을 되찾았다. 살갗이 물을 흡수하는 과정이 고통스러운지 벳시가 몸을 비틀며 울부짖었지만 그것 말고는 방법이 없었다. 몸이 원래대로 돌아오자 벳시는 새벽에 있었던 일을 실토했다.

"에일리언한테 물렸어."

얼핏 사람처럼 생겼지만 입속에서 또 하나의 입이 튀어나오는 괴물이라 했다. 벳시의 입 주변에 이빨 자국을 새긴 뒤 괴물은 병원에 가서는 안 된다는 충고까지 덧붙였다고 했다. 병원에 가면 실험체로 갇혀 지내게 될 거라고. 기이한 점은 벳시가 자신을 공격한 존재의 말을 철석같이 믿는다는 것이었다. 자신은 에일리언의 예언대로 몸에서 수분을 다 방출한 뒤 먼지가 되어 흩어질 거라 했다. 그러면 어디에도 갇히지 않고, 배고픔과 목마름도 모르는 존재가 된다고. 하지만 그런 일은 일어나지 않았고, 사흘이 지나자 벳시는 조바심을 내기 시작했다. 자기가 정신을 잃더라도 물에 담그지 말고 그냥 두라고 했다. 암만 해도 초기 증상 발현 시 먼지가 되기 전에 재원이 물을 끼얹어버린 게 문제였던 것 같다고 했다. 재원은 벳시가 시킨 대로 했다. 하지만 벳시의 맥만 약해질 뿐 다른 변이는 일어나지 않았고, 결국 재원은 벳시를 다시 욕조로 데려가야 했다.

변이는 일주일 뒤에 찾아왔다.

초저녁 깜빡 잠이 들었던 재원은 뭔가 오싹한 느낌에 눈을 떴다. 벳시가 기이한 표정으로 재원을 내려다보고 있었다. 왜 그러냐고 묻기도 전에 벳시가 입을 벌렸다. 그리고 그 안에서 또 하나의 주둥이가 튀어나왔다. 에일리언에게 물렸다던 벳시의 말은 거짓이 아니었다. 입속에 있는 두 번째 주둥이는 영화 속 에일리언의 그것과 흡사했다. 재원의 비명과 함께 몸싸움이 시작되었고, 엎치락뒤치락하던 둘의 싸움은 재원이 식탁에 있던 사각 햇반 모서리로 벳시의 머리를 내리찍고서야 끝이 났다.

재원이 〈잃어버린 양말 이론〉의 내용을 기억해낸 건, 벼랑 끝에 몰린 것 같던 그날 밤이었다.

그 소설의 주인공도 입 주변에 상처가 있었고, 비정상적인 입김을 내뿜었다. 재원은 기억력이 좋은 편이 아니었지만, 유일하게 소설과 드라마의 기승전결은 잘 떠올렸다. 특히 주인공에 관한 것이라면 가르마의 방향이나 구두의 형태, 마지막 식사 메뉴까지 모조리 떠올릴 수 있었다. 〈잃어버린 양말 이론〉은 여러 해 전에 손님이 재원의 차에 두고 간 책이었다. 회고록 형태의 본문에, 저자의 아내가 썼다는 설정의 별지가 더해진 펄프 픽션이었다. 폴 젠킨스의 책을 당연히 소설이라 생각한 덕에 7년이 지난 지금까지 그 내용을 기억할 수 있었다. 하지만 벳시가 실종 직전의 폴 젠킨스와 유사한 증상을 보이자, 재원은 그 책이 단순한 소설이 아닐 수도 있다고 생각했다. 그런데 어젯밤, 서울에 사는 사촌동생 유어가 오랜만에 연락을 해서 그 책 이야기를 꺼냈다. 파주에서 사람들이 사라졌는데, 그 방식이 폴 젠킨스의 실종과 유사하다는 것이었다.

재원은 마침내 세상이 끝자락에 다다른 기분이 들었다.

벳시를 돌보느라 일을 관두었는데, 방세에 두 사람 몫의 생활비까지 감당하느라 통장잔고가 빠른 속도로 줄어들었다. 앞으로 얼마나 더 버틸 수 있을지 미지수였다. 그렇다고 벳시를 혼자 두고 일을 시작할 수는 없었다. 지금도 두 시간 이상의 외출은 불가능했다. 벳시가 탈출하지 못하도록 문밖에 자물쇠를 채워두고 최대한 빨리 용무를 마치고 귀가하는 식이었다. 물론 집에 들어갈 때는 헬멧을 써야 했다. 벳시의 에일리언 주둥이가 노리는 건 재원의 입이었기 때문에 헬멧만 쓰고 있으면 1차 방어가 가능했다. 벳시의 문제만으로도 벌써 세상이 망한 기분이었는데, 스티븐 램파드라는 자는 몸을 퍽, 퍽, 터뜨리며 쇼를 하고 다녔고, 멀리 한국에선 폴 젠킨스처럼 사람들이 온데간데없이 증발했다.

스티븐 램파드의 추종자가 되려는 사람들은 모두 나이와 인종이 제각각임에도 첫인상이 묘하게 비슷했다. 다들 어지간히 우환에 시달린 얼굴들이었던 것이다. 스티븐 램파드는 그들이 붙잡을 수 있는 마지막 지푸라기였다. 재원도 마찬가지였다. 벳시를 그 고통에서 해방시켜줄 수 있다면 스티븐 램파드가 '신이 된 자'가 아니라 장기밀매범이어도 만나볼 의향이 있었다. 벳시의 문제가 해결되지 않으면 재원의 인생도 붕괴될 것이다.

재원은 맞벌이인 부모님을 대신해 동생들을 돌본 착한 맏이였다. 동생들의 숙제를 챙기고 아침도 먹이고, 열이라도 오르면 잠도 안 자고 곁에서 간호했다. 언니와 누나여서가 아니라 가족은 마땅히 그래야 한다고 생각했다. 하지만 재원이 심한 독감에 걸렸던 어느 해 여름, 그녀는 어처구니없게 혼자였다. 동생들은 각자 토스트를 만들어 먹고 학원에 가고, 부모님은 부모님대로 바빴다. 열여덟 살 그 여름의 충격이 지금의 재원을 만들었다. 부모 형제 틈에서 재원은 그저 꼽돌 같은 존재였다. 다들 재원을 밟고 올라서려 하거나 재원에게 뭔가를 지우려고 했지, 그녀에게 난 상처와 흠집은 아무도 신경 쓰지 않았다. 재원이 미국으로 건너온 건 자신에게만 신경을 쓰고 싶어서였다. 처음 몇 해는 맨해튼에 사는 작은고모에게 얹혀살며 눈칫밥을 먹었지만, 그래도 집에서 지내는 것보단 나았다. 가이드 일을 하다 만난 벳시는 처음으로 재원의 인생을 재원의 것으로 바라봐준 사람이었다. 벳시가 에일리언인지 돌연변이 인간인지 모를 무언가에게 물린 것도 재원이 좋아하는 베이글을 사러 나간 길에서였다. 그 베이글 가게는 아침 7시 20분쯤이면 솔드 아웃 표지판이 내걸리는 것으로 유명했기에 새벽 일찍 줄을 서러 나간 것이었다. 그래서 재원은 벳시를 포기할 수 없었다.

집에 돌아오니 현관문에 옆 호실 태국인이 쓴 메모가 붙어 있었다. 큰 개를 키우려거든 산책을 자주 시켜서 스트레스를 줄여주라는 내용이었다. 계속 개를 방치해서 소란을 피우면 동물학대로 신고를 하겠다는 경고도 함께였다. 아닌 게 아니라 벳시가 낑낑거리는 소리가 문 밖에까지 들려왔다. 수분을 다 방출하고 혼자 욕조로 기어가는 모양이었다.

"벳시!"

재원은 얼른 자물쇠를 풀고 집으로 뛰어 들어갔다.

8.

유어는 조용히 현관문을 닫았다.

날이 새기를 마냥 기다릴 수 없어서 일단 집을 나선 것이다. 간밤에 뉴욕에서 날아온 스티븐 램파드의 소식은 종합촬영소 집단 실종 사건의 실체를 밝혀주었다. 재원이 전화를 걸어 스티븐 램파드라는 사람에 대해 알아보라고 했을 때만 해도 유어는 큰 기대를 하지 않았다. 폴 젠킨스를 기억하는 블로거쯤 되려니 생각했다. 하지만 스티븐 램파드가 짙은 입김을 뿜어낸 뒤 먼지가 되어 사라졌다가, 전혀 다른 장소에서 목격되면서 유어는 내내 골머리를 썩던 문제의 실마리를 찾았다.

유어는 폴 젠킨스가 짙은 입김을 방출한 것과 증발한 일 사이에 선후관계가 성립함을 알았지만, 계속 그다음에서 막혔다. 그러니까 어떻게? 그러던 차에 고맙게도 스티븐 램파드가 세상에 모습을 드러낸 것이었다. 그는 사람들의 눈앞에서 먼지가 되어 사라졌다.

먼지…….

그 두 음절짜리 단어는 폴 젠킨스 실종 사건과 파주 종합촬영소 집단 실종 사건을 한꺼번에 해결할 키워드였다. 폴은 기념품점 안에서 사라진 게 아니라 먼지로 변한 것이었다. 사람들은 스티븐 램파드가 사라졌을 때 현장에 먼지만 자욱했다고 했다. 스티븐 램파드가 먼지를 피운 게 아니라, 그 먼지가 바로 스티븐 램파드였던 것이다. 종합촬영소 집단 실종 사건을 최초로 인지한 조감독 곽 모 씨는 W관 안에 보조출연자들은 없고 토사만 수북했다고 증언했다. 어제 아침까지만 해도 유어 역시 귀신 씻나락 까먹는 소리로 치부하고 말았을 이야기지만, 그 토사가 바로 실종자들이었다.

유어는 아빠에게 전화를 걸었다.

"아빠, 유슬이 W관 안에 있어요. 다 알아보고 내린 결론이니까 믿어주세요. 조감독이 그 안에서 봤다던 수북한 토사들, 거기에 유슬이가 있어요. 그 흙먼지들 일부가 유슬이에요. ……허무맹랑하게 들린다는 거 나도 알아요. 하지만 지금 현장에서 유슬이를 지킬 사람은 아빠밖에 없잖아요. 중요한 건 W관 안의 현장을 보존하는 일이에요. 어제저녁부터 경찰이 실종자 수색 범위를 전국으로 확대하기로 했으니까 오늘 현장 정리가 시작될지도 몰라요. 아빠가 그걸 막아야 해요. 내가 유슬이를 원래대로 되돌릴 방법을 찾을 테니까, 아빠가 그때까지 W관을 지켜야 해요. ……네? 증거요? 아빠도 스티븐 램파드에 대해 조사해보세요. 그 사람이 입김을 내뿜다가 사람들 앞에서 펑 터져서…… 여보세요? 아빠?"

유어의 휴대폰에 '강유슬 부친 강진만 씨'로 저장된 사람은 유어의 말을 믿지 않는 눈치였다. 아빠는 원래 식구들의 말을 잘 믿는 편이 아니었다. 그래도 같은 이야기를 유슬이가 했으면 믿는 시늉이라도 했을 것이다. 엄마를 통해 아빠를 설득해보려고 전화를 걸었지만 엄마는 운전 중이었다. 아직 자고 있을 줄 알았는데 새벽에 차를 몰고 나간 모양이었다. 엄마는 운전할 때 극도로 신경이 예민해지는 편이었다. 그런 사람한테 유슬이가 먼지가 되었다고 말할 수는 없었다. 남은 방법은 XJ ENM 측에 사정을 설명하는 길밖에 없었다. 싸늘한 면상의 오하석이 떠오른 건 바로 그때였다. 유어는 바지를 갈아입지 않은 자신을 칭찬하고 싶었다. 오하석의 명함은 조금 구겨지긴 했지만, 유어의 바지 뒷주머니에 그대로 있었다.

"이 시간에 무슨 일이시죠?"

유어가 실종자 가족 아무개라고 소개를 하자 오하석

이 냉랭하게 되물었다. 그자를 거래처 사람으로 분류한다 쳐도 통화를 하기엔 이른 시간이었다. 하지만 유어는 절박한 용건이 있는 실종자 가족이었다. 사람 말을 귓등으로 흘리는 아빠를 상대로 예행연습을 한 탓인지, 유어는 지금까지 자신이 알아낸 정황을 막힘없이 설명해나갈 수 있었다.

"믿기 어려우시겠지만, W관의 토사가……. 그러니까 며칠만 더 현장을 보존해주세요. 나중에 제가 다 치울게요."

몸으로 때우겠다는 제안으로 이야기를 끝낸 유어는 천천히 침을 삼켰다. W관 출입문 근처에서 마지막으로 본 오하석의 표정을 감안하면 한바탕 짖어댈 게 빤하기 때문이었다. 하지만 예상과 달리 오하석은 흔쾌히 유어의 제안을 받아들였다.

"좋습니다. 그렇게 하도록 하죠."

오히려 놀란 건 유어였다. 사람이 먼지가 되는 게 말이 되냐고 최소 두세 번쯤은 되묻는 게 정상 아닌가? 게다가 실종자 가족은 W관에 절대 못 들어가게 하던 사람이 유어의 부탁을 순순히 들어준다는 게 어딘가 이상했다. 물론 완벽에 가까운 설명 덕에 오하석이 일의 심각성을 인지했거나, 실종자 가족의 간절한 부탁이 그의 마음을 움직인 거라면 다행이지만⋯⋯.

"혹시 내가 미쳤다고 생각하는 건 아니죠?"

"상당히 일리 있는 추리라고 생각했습니다."

"현장을 벌써 치워버린 건 아니죠?"

유슬이의 목숨이 달린 일인 만큼 거듭 확인해서 나쁠 건 없었다.

"아닙니다."

"경찰이나 관계자들이 현장을 막 밟고 다니고 그런 거 아니죠?"

"그럴 리가요. 현장의 먼지 한 톨도 건드리지 않았으니 걱정 안 하셔도 됩니다."

그제야 유어도 마음이 놓였다. 모공 하나만 한 틈새도 없을 듯한 첫인상과 달리 오하석은 말이 통하는 구석이 있었다. 적어도 아빠보단 나았다.

"고맙습니다, 오하석 씨."

W관에 대한 걱정을 덜었으니, 유어는 다음 단계로 들어가야 했다.

입김을 뿜어내는 사람들이 먼지가 되었다가 다시 사람으로 돌아오는 메커니즘을 밝혀내야 했다. 그러자면 관찰용 샘플이 필요했다. 입 주변에 둥근 이빨 자국이 있고, 압력밥솥처럼 다량의 수증기를 배출하는 인간 샘플 하나를 구해야 했다. 할 일이 떠오르자 유어는 조용히 바람막이 점퍼를 걸치고 집 밖으로 나섰다.

비가 흩뿌리는 거리에는 이른 출근길에 오른 사람들이 저마다 바삐 오가고 있었다. 인체 변형을 초래하는 괴질환이 퍼지고 있는데도 다들 그 심각성을 모르는 듯했다. 스티븐 램파드의 소식이 어쩐지 이 도시에선 별 반향을 일으키지 않는 것 같다.

아침도 굶고 비를 맞으며 돌아다녔지만 입김을 내뿜는 자는 보이지 않았다. 어제는 굳이 찾으려 하지 않아도 호수공원에서 둘, 종합촬영소에서 하나가 보이더니 오늘은 다들 어디로 숨어버린 모양이었다. 오전 10시. 유어는 아침을 해결하려고 편의점 야외석에 자리를 잡았다. 에어컨 바람이 닿는 실내에 앉고 싶었지만, 옷에서 쉰내가 올라와서 어쩔 도리가 없었다. 유어가 고른 아침 메뉴는 맥주였다. 아침 댓바람부터 술이라니, 원래 유어로선 상상도 못 할 일이었지만 사람이 먼지처럼 퍽, 퍽 터지기도 하는 세상에서 뭐, 아침 술이 대수겠는가. 맥주 두 캔을 연거푸 비웠더니 정신이 돌아왔다. 유어는 입가심으로 삼각김밥을 먹으며 스티븐 램파드의 소식을 검색했다. '신이 된 노숙자 스티븐 램파드 어록'이라는 제목으로 올라온 편집 영상도 클릭해보았다. 다른 건 다

개소리라 치부하더라도 '우리가 바로 우리 자신이 기다
리고 고대하던 그 신입니다'라는 말은 상당히 근사하게
들렸다. 오바마의 명언 '우리 자신이 바로 우리가 기다리
던 사람들이다'를 표절한 게 아닐까 의심이 갔지만, 인간
을 신이라 선언하는 그 기개가 남달라 보였다. 뭐가 됐
든 이름 없는 노숙자에서 세간의 주목을 받는 쇼맨으로
탈바꿈한 스티븐 램파드는 난놈이었다.

유어는 다른 나라에도 스티븐 램파드 같은 사례가 있
는지 찾아보았다. 남아프리카공화국과 헝가리, 중국에
서 스팀을 뿜어내는 사람들이 목격되었다는 글은 몇몇
있었다. 하지만 스티븐 램파드처럼 떠들썩하게 등장한
사례는 아직 보이지 않았다.

식사를 마친 유어는 재원에게 전화를 걸었다.

"어, 유어 잠깐만."

첨벙거리는 물소리가 들리고 이어 문을 닫는 기척이
울렸다. 한참 만에 돌아온 재원은 숨이 가쁜 듯했다.

"이제 됐어. 그래, 유어 파주 집단 실종 사건은 좀 진
척이 있어? 친구한테선 아직 연락 없고?"

"응. 그런데 언니 개 키워?"

"비슷해."

상대가 먼저 말하지 않는 속사정은 굳이 캐지 않는 게

유어의 방식이었다. 하지만 예외는 있었다.

"뭔지 모르지만 키우지 마, 언니. 재경 언니랑 재희 오빠 키우는 것도 힘들었다면서 미국까지 가서 또 뭘 키워."

"걱정 마. 키우는 거 아니고 좋아하는 거야."

유어도 그쯤에서 멈췄다. 재원이 좋아하는 거라면 그게 비둘기 똥으로 만든 수프든 광물 덩어리 애인이든 그냥 두고 싶었다. 유어는 본래의 용건을 꺼냈다.

"언니는 스티븐 램파드를 어떻게 생각해? 아주 대단한 것 같으면서도 어딘가 이상하지 않아?"

"너도 그 사람을 데이비드 코퍼필드 같은 스케일이 큰 마술사라고 생각하는 쪽이야?"

"아니. 나는 그 사람이 보여준 게 다 사실이라고 믿어. 그게 과학적으로 밝혀지지 않은 괴질환인지, 스티븐 램파드 말처럼 새로운 신이 되는 건지는 모르겠지만 인간이 입김을 내뿜다가 먼지 폭탄처럼 터지는 현상 자체는 실재한다고 봐. 내가 이상하게 생각하는 건 그 사람이 왜, 지금, 세상에 등장했느냐 하는 거야. 스티븐 램파드에 대한 자료를 보면 그 사람도 폴처럼 입 주변에 상처들이 나 있어. 그리고 언니한테 말 못 했는데, 나도 입 주변에 상처가 있는 사람을 여럿 봤어. 다들 입김을 어마

어마하게 뿜어내더라고."

"뭐? 그럼 한국에도 스티븐 램파드 같은 사람들이 있다는 거야?"

"그 사람들이 먼지가 되어 흩어지는 장면을 본 건 아니야. 하지만 사람이 먼지가 되는 변이가 특정 지역에 국한된 일이 아닌 것만은 확실해. 중국 푸젠성, 헝가리 노그라드, 남아프리카공화국 이스트런던에서도 수증기를 뿜는 사람들이 목격됐대. 수증기를 뿜다가 홀연히 사라지는 능력을 가진 사람은 이미 9년 전에 존재했어. 언니도 알고 나도 아는 〈잃어버린 양말 이론〉의 작가 말이야. 그런데 그 사람이 사라지고 9년 만에 갑자기 비슷한 사례들이 나타나고 있어. 이게 뭘 의미하는 걸까?"

"이 일들의 배후에 누가 있다는 거구나. 스티븐 램파드가 굿모닝 아메리카 생방송에 나타난 것도 우연이 아니고 말이야."

"그래. 스티븐 램파드가 굿모닝 아메리카 생방송에서 처음 한 말도 '인류여, 마침내 때가 왔습니다'였잖아. 누군가 때가 되길 기다렸다가…… 여러 대륙에서 동시다발적으로 그 증상을 퍼뜨리는 건 아닐까."

재원은 한참이나 말이 없다가 유어의 이름을 불렀다.

"유어, 넌 안 무서워? 먼지가 되는 사람들이 점점 늘어나다 보면, 우리한테도 그런 일이 벌어질지도 모르잖아."

"나는 무서운 것보다 화나고 억울할 것 같아. 딴 건 몰라도 먼지가 되고 싶진 않거든."

유어는 지금까지의 인생도 충분히 먼지 같았다는 말은 하지 않았다.

"언니는? 먼지로 변할까 봐 무서워?"

"응…… 먼지로 변하는 것도 무섭고, 그 과정에서 내가 좋아하는 사람들을 못 알아보게 될까 무서워."

"스티븐 램파드를 보면 기억은 그대로 가지고 있는 것 같던데?"

"언제나 예외란 게 있잖아."

재원답지 않은 말투였다. 유어가 아는 언니는 일어나지 않은 일을 미리 걱정하는 사람이 아니었다.

"언니, 무슨 일 있는 거 아니지?"

"일은 무슨……. 유어, 나 그만 가봐야겠다. 뭐 더 이야기할 거 있어?"

그제야 유어는 재원에게 전화를 건 목적을 상기했다.

"언니 혹시 스티븐 램파드에 대해 더 알아봐줄 수 있어? 떠도는 정보들만으로는 왜 이런 일이 벌어지는지 파악이 안 돼. 그래서 말인데 언니가 직접 그 사람을 만나볼 방법은 없을까? 둘이 같은 도시에 살잖아. 그 사람이라면 분명 뭔가 알고 있을 거야."

통화를 마치고도 유어는 한참이나 휴대폰을 만지작거렸다. 또 재원에게 뭔가를 부탁했다는 게 마음에 걸렸다.

가족의 굴레를 벗어나 낯선 나라에서 새로운 삶을 다져가는 재원에게 변함없는 언니로서의 역할을 요구하고 있었던 건 아닐까, 하는 생각이 들었다. 재원은 7년 전 뉴욕에서 만났던 그때의 재원이 아니었다. 재원에겐 혹시라도 잊게 될까 봐 두려운 누군가가 있고, 유어와는 나눌 수 없는 비밀들이 존재했다. 유어가 뉴욕으로 날아 간다 해도 한달음에 차를 몰고 달려와줄 언니는 이제 없을지도 모른다. 유어는 언니가 멀어진 것 같아 서운하면서도 한편으로는 자신만의 성(城)을 쌓아가는 언니가 늘 그랬듯 믿음직했다.

유어는 휴대폰을 주머니에 넣고는 다시 골목을 뒤지고 다녔다. 특히 가로수와 가로등을 눈여겨보았다. 그동안 유어가 마주친 괴질환자들은 모두 왕벚나무나 차체가 높은 SUV 아니면 건물 외벽 같은 곳에 몸을 기대고 있었다. 끊임없이 수증기를 뿜어내느라 고개를 뒤로 꺾는 탓에 불안정해진 몸을 지탱해줄 지지대나 벽이 필요한 것이다.

근린상가 골목을 지나는데 1층에 미용실이 자리한 건물 테라스에 빨래 건조대가 보였다. 건조대에는 미용실에서 쓰는 수건이 빼곡하게 걸려 있었다. 테라스 위로 너비가 제법 되는 차양막이 있어 비가 들이치진 않더라도 이 날씨에 빨래가 마를 것 같지 않았다. 그 순간 무언가가 유어의 뇌리를 스쳤다. 유어는 건조대의 수건을 노려보다가 슈퍼로 달려갔다.

유어는 손전등을 사서 근처 건물들의 지하를 수색했다. 괴질환자들이 입김을 뿜어내는 목적이 체수분을 방출하려는 것이라면, 오늘처럼 습도가 높은 환경을 좋아할 리 없다. 타르디그가 붕대를 벗겨낸 미라 같은 피부를 하고 있던 것도 체수분을 극단적으로 뿜어낸 결과였을 것이다. 그렇다면 이런 날 놈들은 습도를 차단할 수 있는 실내 혹은 비가 들이치지 않는 장소에 숨어 있을 가능성이 컸다.

괴질환자를 발견한 건 최근 문구점이 폐업하면서 버려진 건물의 지하였다. 지하층은 셔터와 자물쇠로 폐쇄된 상태였고, 셔터 바로 앞쪽 벽면에 그것이 있었다. 손전등 불빛에 드러난 그것은 보통 키와 체격에 유어랑 똑같은 뉴발란스 992를 신은 남자였다. 미라처럼 살갗이 말라붙은 그것은 유어가 서 있는 층계참을 마주한 채 벽에 들러붙어 있었다. 유어는 남자의 상태를 지칭할 만한 단어를 찾아냈다.

그것은 인간 고치였다.

고치는 눈을 감은 채 벽에 몸을 비스듬히 기대고 있었다. 하지만 유어는 타르디그의 공격성을 떠올리며 긴장을 늦추지 않았다. 서너 계단쯤 내려가자 고치의 살갗이 울룩불룩 요동치는 게 보였다. 유어는 소름이 돋는 와중에도 욕지기가 치밀었다. 고치는 이따금 입을 벌려 허연 입김을 뿜어냈다. 입김을 왕창 뿜어내고 나면 고치의 피부도 잠잠해졌다. 그러다가 십여 초쯤 지나면 다시 살갗이 꿈틀거렸다. 고치의 살갗은 수분과의 싸움을 벌이는 중이었다.

"으윽!"

인간 고치가 고통에 찬 신음 소리를 냈다.

유어는 조심스레 휴대폰을 치켜들었다. 영상을 남겨두면 괴질환을 설명하는 데 요긴한 증거자료가 될 것이다. 특히 아빠 같은 꼰대 벽창호를 설득하자면 객관적인 증거가 필요할 터였다. 하지만 휴대폰의 각도를 조절하던 중에 입에 물고 있던 손전등을 떨어뜨리고 말았다. 손전등은 요란한 소리를 내며 계단을 타고 내려가서 고치의 발에 부딪쳤다.

놈이 와짝 눈을 떴다.

이어 고치의 눈알이 계단 중간쯤에 서 있는 유어를 향했다. 놈은 유어 쪽으로 천천히 몸을 돌렸다.

"안녕."

놈이 계단을 올라오며 말을 걸었다. 유어도 뒷걸음으로 계단을 되밟아 올라갔다. 놈의 손끝이 유어의 멱살에 닿을락 말락 하는 순간, 1층 현관에 거의 다다른 유어가 발을 헛디디며 골목으로 나동그라졌다. 어느새 굵어진 빗줄기가 유어의 얼굴을 때렸다. 놈은 빗길로 내려서지 못하고 건물 현관에 멈춰 섰다.

"비 맞지 말고 이리 들어오지 그래."

능청스레 말을 걸어오는 놈의 얼굴이 빗줄기 너머에서 마구 일렁거렸다. 다량의 습기를 한꺼번에 흡수하느라 고통스러운지 놈이 얼굴을 일그러뜨렸다. 유어는 빗길을 따라 달아날까 생각하다가 마음을 다잡았다. 놈을 두고 떠나면 인간 샘플을 찾아 헤맨 일이 다 허사가 될지도 모른다.

"그쪽 잇몸도 부비트랩처럼 생겼겠죠?"

유어의 물음에 놈은 입을 벌렸다. 그러자 또 하나의 입이 쑥 튀어나왔다. 날카로운 이빨이 촘촘하게 박힌 둥근 잇몸이 어제 본 타르디그의 것과 똑같았다.

"안 놀라네. 우리가 누군지 아는구나."

놈이 흥미롭다는 듯 웃었다.

"어제 그쪽과 비슷한 사람을 만났거든요. 이름이 타르디그라던데 혹시 아세요?"

"타르디그? 우린 모두 타르디그다. 나도 지금은 선우지만, 마지막엔 타르디그야."

어디서 들어본 자기소개였다. 아직은 브래들리, 마지막엔 타르디그…… 어제 타르디그는 분명 그렇게 말했다.

"타르디그란 게 이름이 아니라, 그쪽처럼 입김을 내뿜는 사람들을 가리키는 집합명사 같은 거예요?"

"타르디그는 온전히 신이 된 자들만 가질 수 있는 이름이다. 생명의 키스를 받으면 너도 타르디그가 될 수 있어."

유어는 다섯 손가락으로 둥근 모양을 만든 뒤 제 입 주변을 쿡 찍어 보였다.

"이거 말이죠? 그럼 입 주변을 원형으로 에워싼 흉터가 타르디그 종족의 표시인가요?"

"흉터가 아니라 생명의 키스를 받았다는 증거이며 신의 표식이다."

유어는 실소를 터뜨릴 뻔했다. 신의 표식이라니, 점점이 물린 상처들에 너무 거창한 이름을 붙인 것 같았다.

신이 진드기라면 모를까. 놈은 제 입 주변의 흉터를 가리키며 말을 이었다.

"영원히 얼굴에 새겨지는 신의 표식이야. 봐, 아름답지 않아?"

"물린 지, 그러니까 그 키스라는 걸 받은 지 얼마나 됐는지에 상관없이 자국이 남는다는 거네요."

"그래, 궁금한 거 있으면 더 물어봐. 우린 신의 뜻과 생명의 키스를 전파할 의무가 있다. 너도 생명의 키스를 받고 나면 내 말을 이해하게 될 거야."

예비 타르디그와의 대화에 열중하는 사이 비가 뚝 그쳤다.

놈은 젖은 골목과 유어를 갈마보다가 천천히 걸어 나올 채비를 했다. 유어는 몸을 돌려 사거리 쪽으로 달렸다. 놈의 발소리가 집요하게 따라붙자 유어는 근처 편의점 안으로 뛰어들었다.

"생수! 생수!"

강유어는 1.8L 생수 두 병을 집어다가 계산도 하기 전에 뚜껑부터 땄다.

"빨리 계산해주세요."

카드기에 카드를 밀어 넣자 유슬이 또래로 보이는 점원이 떨떠름한 표정으로 바코드를 찍었다. 계산이 끝나자 유어는 생수병 하나를 점원에게 내밀었다.

"혹시 주둥이가 에일리언처럼 생긴 괴물이 달려들거든 냅다 물을 뿌리세요. 놈들은 습기에 약해요. 기억해 두세요!"

유어는 생수병 하나를 카운터에 내려놓고 편의점을 나섰다. 놈은 그새 사라지고 없었다. 하지만 유어는 놈들의 살갗에 물을 부으면 어떻게 되는지 두 눈으로 확인하고 싶었다. 유어는 생수병을 끌어안고 놈을 발견했던 건물 쪽으로 되돌아갔다. 작은 모퉁이를 돌았을 때 저만치 예비 타르디그 하나가 건물 외벽에 어깨를 기대고 있었다. 등을 움찔거리는 게 놈은 금방이라도 고개를 뒤로 젖힐 것 같았다. 유어는 발소리를 죽이며 다가가서 놈에게 물을 뿌렸다.

"뭐야!"

놈이 소리를 지르며 돌아섰다. 휴대폰으로 스포츠토토 사이트에 접속 중이던 남자는 예비 타르디그보다 험악한 눈으로 유어를 쏘아보았다.

9.

재원은 록펠러센터 전망대에 있었다. 누구는 스티븐 램

파드가 말한 '전망 좋은 곳'이 엠파이어스테이트 빌딩 86층 전망대일 거라고 했고, 또 누구는 자유상이 멀리 보이는 배터리파크 선착장일 거라 했다. 재원은 스티븐 램파드가 이 부근 지하철에서 생활하던 노숙자였다는 점을 고려하여 록펠러센터 전망대로 온 터였다. 노숙자 시절의 그라면 한번쯤 록펠러센터 전망대에서 뉴욕을 내려다보는 게 꿈이었을 수도 있으리라 추측한 것이다. 낮에 센트럴파크에서 보았던 흑인 남자도 일찌감치 전망대에 도착해 있었다. 노란색 노멕스 원단 점퍼를 입은 차림새가 소방훈련 지도를 나온 소방관 같은 느낌이 들어서 기억에 남은 사람이었다. 꽃집에 들렀다 왔는지 남자는 연분홍색 장미 꽃다발을 안고 있었다.

밤 10시.

스티븐 램파드가 록펠러센터 전망대에 나타났다.

"낮에 먼지가 되어 사라졌던 자가 여기 왔소이다."

재원처럼 센트럴파크에서 연설을 듣고 온 사람과 기인의 등장에 흥미를 느낀 사람들이 그를 에워쌌다. 스티븐 램파드는 한 바퀴 군중을 돌아보고는 말을 이었다.

"주식부터 팔아치우시오. 언제까지 애플과 테슬라의 노예로 살 겁니까?"

환호와 야유가 동시에 터져 나왔다. 노인은 그 분위기

를 만끽하는 듯 두 팔을 펼쳐 보였다.

"여기, 나를 따라 신이 되기로 마음을 굳힌 자들이 있습니다. 먼저 신이 된 자로서, 나는 이들에게 입맞춤을 선사할 것입니다. 그러면 이들도 나처럼 배고픔과 목마름에서 자유로워지며, 그 무엇도 우리를 가둘 수 없게될 것입니다. 자, 그대부터 시작합시다. 미스터……"

스티븐 램파드의 눈길이 노란 점퍼 차림의 남자를 향했다.

"오키프입니다."

"좋아요, 오키프 씨. 이리 나오시겠습니까."

수십 대의 휴대폰 카메라가 스티븐 램파드와 오키프를 촬영하고 있었다. 오키프는 스티븐 램파드에게 장미꽃다발을 안겨준 뒤 그 앞에 무릎을 꿇었다. 스티븐 램파드는 군중을 향해 꽃다발을 흔들어 보이며 소리쳤다.

"이것은 위대한 변화를 앞둔 인류에게 바치는 축하의꽃다발입니다. 그러면 오키프 씨를 위한 예식을 거행하도록 하겠습니다."

오키프는 눈을 감았다. 힘주어 감은 눈꺼풀과 기도하듯 맞잡은 두 손에서, 내 삶을 갈아 엎는 것만으로는 회생이 불가능해서 세상이 천지개벽하길 바라는 자의 간절함이 느껴졌다. 그는 물과 기름을 붓는 예식이어도 괜찮고, 안수여도 괜찮고, 긴 칼로 어깨를 찰싹찰싹 때려도 상관없었다. 오키프는 어떤 종류의 예식이어도 놀라지 않을 준비가 돼 있었다. 그에게 중요한 건 예식이 끝난 뒤에 자신도 스티븐 램파드와 같은 존재가 될 거라는 믿음뿐이었다. 잠시 후 군중들의 비명이 오키프를 에워쌌다. 하지만 오키프는 믿음을 증명이라도 해보이려는 듯 눈을 뜨지 않고 버텼다. 곧이어 시큼시큼한 악취와 함께 자잘하고 뾰족한 뭔가가 오키프의 인중과 입꼬리 그리고 턱으로 사정없이 파고들었다.

오키프는 신음을 토하며 눈을 떴다. 맨 먼저 눈에 들어온 건 스티븐 램파드의 웃는 눈이었다. 그다음으로는 램파드의 입에서 길게 튀어나온 미끈하고 둥근 주둥이였다. 그 주둥이의 끄트머리가 오키프의 입 둘레에 박혀 있었다. 지척에서 그 장면을 보고 있던 재원은 저녁으로 먹은 중국요리를 다 게워냈다.

스티븐 램파드가 이빨을 거둬들이자 오키프는 입 주변을 싸쥐며 일어섰다. 그는 잠에 취한 것처럼 비틀거리며 구경꾼들 틈을 비집고 들어가다가 달아났다. 이제 재원의 차례였다. 스티븐 램파드가 검지를 까딱이며 재원을 불렀다.

"숙녀분도 이리 오시지요. 생명의 키스가 그대를 자유

롭게 할 것입니다."

재원은 두어 발짝 뒷걸음질 치다가 사람들에게 부딪쳐 주저앉고 말았다.

"램파드 씨, 저는 궁금한 게 있어서 왔습니다. 그러니까 좀 전의 것과 같은 입맞춤을 원하는 게 아니라 이론을 배우고 싶다는 뜻입니다."

스티븐 램파드는 재원의 눈을 보았다. 재원이 마음의 결단을 내리기를 기다리고 있는 듯했다. 둘 사이에 짧은 정적이 지나는 동안 그들을 에워싸고 있던 군중은 돌연 그곳이 전망대라는 사실을 잊었다. 저 아래 별빛들의 점묘화 같은 뉴욕의 야경은 어느새 뒷전이었다. 호모사피엔스가 사람 속(homo)에 속하는 단일종이라는 상식을 뒤흔드는 존재가 바로 그들의 눈앞에 있었기 때문이다. 그래서 군중은 공포에 사로잡힌 와중에도 스티븐 램파드에게서 시선을 거두지 못했다. 스티븐 램파드가 지껄인 말들은 전적으로 진실이거나 전적으로 거짓이란 걸, 군중은 알고 있었다. 그래서 군중은 다시 보길 원했다. 그 흉측한 주둥이와 저 기이한 노인이 말하는 생명의 키스라는 걸 한 번 더 보고 판단하고 싶었다. 다행히 노인은 다음 키스 상대를 누구로 할지 마음을 굳힌 듯했다. 노인이 뚫어져라 보고 있는 바로 저 여자!

군중의 눈길이 자연스레 자신에게 쏠리자 재원은 고개를 저었다. 그때 한국인 관광객으로 보이는 중년 남자가 갑자기 주먹을 흔들며 구호를 외치기 시작했다.

"키스해! 키스해! 키스해!"

구호는 삽시간에 퍼졌다. 키스! 키스! 키스! 키스! 키스……

그 시각 강유어는 생수병을 끌어안고 밤거리를 걷고 있었다. '지금은 선우, 마지막엔 타르드그'라는 놈에 이어 예비 타르드그 셋을 더 찾아낸 터였다. 하지만 유어는 선우를 제외한 나머지 고치들은 건드리지 않았다. 물론 유어가 아무 짓도 안 했는데 쫓아오는 놈도 있긴 했다. 유어가 종일 고치들을 찾아다닌 건 이 변이가 얼마나 빠른 속도로 번지고 있는지 궁금해서였다. 놈들의 머릿수를 전부 가늠할 수는 없지만, 유어 같은 일반인도 동네를 쑤석거리고 다니면 골목마다 하나씩은 찾아낼 수 있을 정도니 얼추 편의점 개수만큼 될 터였다. 처음 예상했던 것보다 변이가 빠르게 퍼져나가고 있었다.

유어는 자꾸만 다리가 풀렸다. 예비 타르드그 둘에게 쫓겼고, 유어가 고치로 오인한 인간들에게도 쫓기느라 체력이 바닥난 상태였다. 관할 경찰서에 두 번이나 연락을 했으나, 벽을 짚고 서서 입김을 내뿜는 사람들 때문에 이쪽에 출동할 인력은 없는 듯했다. 묻지마 폭행 신고가 유래 없을 정도로 많이 접수된 날이니 사정을 감안해달라는 게 경찰의 입장이었다. 유어는 묻지마 폭행으로 알려진 그 사건들이 타르디그의 습격일 가능성을 염두에 두었지만, 어차피 떠들어도 믿어줄 사람이 없었다.

여전히 뉴스와 댓글의 중심에는 보조출연자 집단 실종 사건이 있었다. 자정이 지나고, 날짜가 바뀌고, 집단 실종 사흘 차가 되자 관련 기사 댓글란에는 암매장, 독살, 은폐 등의 용어가 난무하기 시작했다. 실종자들의 행방을 추리하던 방구석 코난들도 이제는 생존 여부만 따지기 시작했다. 23명이나 되는 사람들이 사흘째 생존 반응이 없다는 건 사실상 골든타임을 넘긴 게 아니냐는 의견이 다수였다. 방구석 코난들의 생각은 지극히 상식 선상에 있었다. 하지만⋯⋯ 유슬이를 비롯한 실종자들은 이미 인간의 몸에 대한 상식을 벗어난 존재들이었다. 원래는 유슬이, 재수 없으면 끝내 타르디그. 브래들리와 선우가 가르쳐준 그 희한한 이름, 생물학적 변이를 표현한 듯한 자기소개 방식이 지금으로선 유어가 기댈 유일한 구석이었다. 실종자들은 인간과 타르디그 사이의 무언가로, 어쨌거나 살아 있을 터였다.

유어는 W관 내부가 잘 보존되고 있는지 걱정이었다. 오하석과 한 약속이 있기도 했고, 상식적으로 생각해도 XJ ENM 측에서 밤중에 현장을 정리할 것 같진 않았다. 마음에 걸리는 건 역시나 미군들이었다. 이미 타르디그에 대한 정보를 쥐고 있는 미군들이 XJ ENM 관계자들의 감시가 허술해진 밤 시간에 일을 꾸밀 수도 있었다.

아빠와의 톡방을 켰다. 알려야 할 것들이 너무 많았다. 유슬이를 비롯한 보조출연자들은 타르디그에게 물렸을 것이다. 23명이 한꺼번에 변이에 들어간 것으로 보아 실종자들을 습격한 타르디그가 여럿이었을 가능성이 컸다. 그리고 유슬이의 입 주변에는 앞으로도 사라지지 않을 흉터들이 새겨졌을 것이다. 하지만 유어는 긴 설명은 빼고 부탁만 남겼다.

– 아빠, 대기동 앞을 떠나면 안 돼요. 유슬이 진짜 거기 있어요. 이따가 저도 갈게요.

이번에도 답은 오지 않았다. 엄마에게도 연락을 했지만 소득은 없었다. 엄마는 종일 강원도와 충청도를 돌아보고 올라오는 길이며, 내일은 경기 북부의 어느 유원지와 저수지에 가볼 예정으로 특별한 소식이 없으면 운전에 방해되니 그냥 끊으라 했다. 오하석의 이름도 뇌리를 스쳤지만, 이른 아침에 이어 밤중에까지 전화를 하는 건 너무 좋아하는 사람 아니면 아주 만만하게 생각하는 사람에게나 가능한 일이었다. 어제만 같아도 유어는 오밤중이 아니라 새벽 두세 시에도, 필요한 일이 있다면 오하석에게 전화를 걸 수 있었을 것이다. 그 사람한테 욕 좀 먹는다고 어떻게 되는 것도 아니니까. 하지만 오하석은 그 기분 나쁜 관상에도 불구하고 유어의 가설을 귀담아 들어준 유일한 인간이었다. 그래서 유어도 최소한의 예의는 지키고 싶었다.

비가 그친 하늘에 멀끔한 달이 떠올랐다. 내일은 쨍하니 맑은 날이 될 것이다. 그건 곧 예비 타르디그들이 당당하게 거리를 활보하리라는 뜻이었다. 유어는 입 주변에 난 흉터를 신의 표식이라 칭하던 예비 타르디그 선우의 말을 떠올렸다. 이빨 자국 같은 게 신의 표식이라면 저들이 말하는 신은 해충에 가까운 존재일 것이다. 불과 사흘 전까지 강유어는 재기를 꿈꾸며 머리를 쥐어짜고 있었다. 이름을 바꾸고 다시 도전해보겠다는 그 소박한 바람이 저 진드기 같은 놈들 때문에 좌초될 위기에 처했다. 그것들이 유슬이를 물었다. 현재로선 도움을 청할

곳도 없었다. 종합촬영소 W관 입구의 존재감 없는 경찰들을 생각하면 112에 신고를 하느니 차라리 세스코를 부르는 편이 나을 것 같았다. 혈육인 아빠는 벽창호였고 결국 유슬이를 찾는 건 유어의 몫이었다. 다행히 유어는 이제 자기가 누군지 알게 되었다. 유어는 '지금도 유어, 마지막에도 유어'였다.

생수병의 남은 물을 정수리에 들이부었더니 머리가 맑아졌다. 저들의 약점은 물이었다. 수분을 뿜어내고 살갗이 미라화 된 예비 타르디그들은 물을 두려워했다. 놈들은 물이 닿으면 피부가 부풀기 시작하고, 그 과정에서 상당한 통증을 느끼는 듯했다. 유어는 물을 싫어하는 자들과의 싸움에 도움이 될 장비들을 알고 있었다. 이 시간에 어딜 가야 그 장비들을 구할 수 있는지 또한……

택시가 자유로로 접어들었다.

기사는 룸미러로 뒷좌석의 여자를 흘끔거렸다. 회사가 하루아침에 무너지는 바람에 퇴직금도 못 받고 내몰린 그는 오늘이 택시 기사 생활 사흘째이자 야간 영업 첫날이었다. 손님을 태우고 자유로를 달리는 일 역시 처음이었다. 여자는 탈 때부터 어딘가 괴이했다. 비를 맞았는지 머리며 옷이 다 축축했지만, 돈을 떼먹거나 난동을 부릴 사람으로 보이진 않아서 태웠는데 젊은 여자가 이상하리만치 생기가 없었다. 여자가 말한 주소지는 파주의 어느 들판 한가운데였다. 농막에 가서 물건 몇 개를 챙겨 나올 테니 그 앞에서 기다려달라는 것이었다. 자유로에 들어설 무렵부터 여자의 상태는 더 안 좋아졌다. 눈 밑이 거뭇하게 꺼지고 고개를 부자연스레 꺾어대는 것이었다.

"아저씨. 화병으로 죽은 사람 본 적 있어요?"

목소리가 서늘하기 이를 데 없었다.

"그…… 그건 왜요?"

"남 일이 아니라서요."

유어는 어릴 적 미스터리 모음집에서 보았던 인체 자연발화 현상을 생각하고 있었다. 그 허무맹랑한 괴담들이 실은 화병에 걸린 사람들을 은유한 건 아니었을까 하면서 말이다. 타르디그에 대해 지금까지 알아낸 것들을 중학생 수준의 문해력을 가진 사람이라면 누구나 이해할 수 있는 문장으로 정리하여 보냈는데도 아빠에게선 답이 없었다. 원래 자기 눈으로 본 것만 믿는 사람이지만 상황이 상황인 만큼 남의 말도 좀 들어봐야 하는 게 아닌가, 유어는 택시 기사라도 붙들고 하소연하고 싶은 심정이었다.

농로를 따라가던 택시가 유어네 외가 소유의 농막에 다다랐다.

"여기까지 비용만 먼저 계산할게요. 십 분 정도만 기다려주시면 이따가는 조금 더 얹어드릴게요."

하지만 기사는 유어에게 카드와 영수증을 건네기 무섭게 콜이 왔다며 차를 돌렸다.(그날 밤 인터넷 괴담 카페 게시판에 화병으로 죽은 자유로 귀신 목격담과 파주 농막 귀신 이야기가 올라왔지만, 유어는 그 사실을 알지 못했다.) 유어는 외삼촌이 죽은 블루베리 화분 밑에 숨겨둔 열쇠를 꺼냈다. 유어가 찾는 물건들은 농막 뒤쪽 창고에 있었다.

10.

오하석은 남자 화장실 변기에 앉아 화장을 고쳤다. 퍼프로 양쪽 볼을 팡팡 두드린 다음 입 주변을 꼼꼼하게 덧칠했다. 손거울 속 완벽한 얼굴을 보자 화장을 하느라 성가셨던 마음이 어느 정도 누그러졌다. 며칠 전에 구입한 워터프루프 올데이롱 철벽커버 쿠션은 과연 이름값을 했다. 입 주변에 두어 번 덧바르면 생명의 키스 자국이 감쪽같이 커버되는 것이었다. 화장을 고치고 안경을 닦아 쓰고 밖으로 나왔다.

곧 전무후무한 축제가 시작될 것이다.

W관 안에 있는 자들이 '거룩한 첫잠'을 지나 무사히 깨어나기만 하면 오하석은 축제를 함께 이끌 동지들을 얻게 된다. 오늘만 잘 넘기면 스물셋이나 되는 동지들이 깨어난다. 사실 오하석은 사람을 물고 다니는 일에 지쳐 있었다. 타르디그가 되면 밥 먹듯이 생명의 키스를 전파한다고, 그게 본능이라고 들었지만 오하석은 동의할 수 없었다. 아무나 물어뜯는 건 좀비들이나 하는 짓이었다. 게다가 상대가 지성피부의 아저씨들일 때는 말도 못 하게 비위가 상했다. 온전한 인간이던 시절의 결벽증은 타르디그가 되어서도 여전했다. 이제 저들이 깨어나면 오하석은 일선에서 물러날 생각이었다.

원래대로라면 저들은 오늘 오후쯤 첫잠에서 깨어나게 돼 있었다. 하지만 어제 종일 비가 내리면서 저들의 첫잠이 길어진 것이다. W관에 제습기를 가져다 두지 않은 건 오하석의 치명적인 실수였다. 제습기만 가동했으면 저들은 제때 깨어났을 것이다. 재수 없게 내일도 비 소식이 있었다. 오하석은 휴대폰을 꺼내 어디론가 전화를 걸었다.

"정훈 씨, 제습기는 다 구했어요? ……여섯 개? 아니 지금 장난해요? 최소 열 개는 필요하다고 했잖아요. 앞으로 한 시간 드리겠습니다. 그 안에 제습기를 확보하지 못하면 다음 달 해외연수 추천은 없던 일로 하겠습니다. 의상실에 있는 걸 빼내 오든 사무실에 있는 걸 가져오든 알아서 하시란 말씀입니다."

오하석은 실소했다.

해외연수가 뭐야. 그 전에 다 골로 갈 텐데.

오하석은 자신이 진짜 타르디그가 되었다는 사실을 실감했다. 며칠 전까지만 해도 인류가 이렇게 망해도 되는지 안타까운 마음이 없지 않아 있었다. 하지만 이제 인간이라면 지긋지긋했다. 이 행성도 지배종을 갈아치울 때가 된 것이다. 지난 이 주간 오하석은 경기 북부 일대를 돌며 서른 번이 넘게 생명의 키스를 전파했다. 특정 연령대와 성별에 치우치지 않도록 후보를 선정하는데 공을 들이고, 직업적 다양성도 고려했다.

문제는 그들 중 오하석의 마음에 드는 자가 단 한 명도 없다는 사실이었다. 그들은 인간으로 태어난 김에 인간으로 살다가, 타르디그에게 물린 김에 타르디그로 변해가고 있었다. 자기가 누군지 스스로 질문하고 보다 적극적으로 생명의 키스를 전파할, 지적이면서도 쇼맨십을 갖춘 자가 단 하나도 없었던 것이다. 〈마운틴뷰 리조트〉의 보조출연자들도 별반 다를 게 없었다. 온전한 인간 시절의 오하석이었다면 끌렸을 만한 상대도 더러 있었다. 하지만 그들조차도 타르디그로서는 매력이 없었다. 뉴욕에서 활약하는 스티븐 램파드나 중국 푸젠성 남평시에서 대규모 쇼를 준비 중이라는 화이밍밍처럼 창의적인 인재가 없었다.

오하석 본인은 쇼맨이 될 생각이 없었다. 생명의 키스를 전파하는 일이라면 이제 진저리가 났다. 스티븐 램파드처럼 군중 앞에 나섰다간 생명의 키스를 받으려는 행렬이 장사진을 이룰 텐데, 오하석은 그 장면을 상상하는 것만으로도 욕지기가 치밀었다. 경기 북부 일대의 30명에 보조출연자들까지 오하석은 이미 53명의 인간에게 입을 맞췄고, 더는 누구와도 생명의 키스를 나눌 마음이 없었다. 복도에 침을 툭 뱉고 사무실로 돌아가는데 정훈 대리에게 문자가 왔다.

– 팀장님, 하나 더 구했습니다 :)

오하석은 한심해서 대꾸도 하기 싫었다.

정훈 대리는 멀끔한 생김새에 명문대 출신임에도 말귀가 어둡고 눈치도 없고 일머리는 더 없으며, 앞날이 그리 밝아 보이지 않았다. 타르디그가 되기 직전의 오하석은 직장생활 5년 차로 정훈 대리와 달리 눈치도 빠르고 일을 잘했다. 하지만 전망이 밝지 않기는 오하석도 마찬가지였다. 학자금 상환의 굴레에서 벗어났더니 재혼 후 연락을 끊었던 아버지가 암 말기 상태로 나타났다. 아버지에게는 암보험도 없었고, 죽고 못 살던 새 와이프도 떠나고, 집도 없었지만 10년 만에 만나도 서로를 한눈에 알아보는 아들이 하나 있었던 것이다. 본의 아니게 아버지의 마지막 찬스가 되어 병원비를 담당하고 장례식까지 치렀더니, 이번에는 보유하고 있던 코인이 폭락했다. 자존심 때문에 입 밖으로 뱉지 못한 고생담과 실패담은 간헐적 폭발성 장애, 불면증, 위궤양이라는 병증이 되었다. 하지만 병증보다 위험한 건 오하석 스스로가 병을 고칠 의지가 전혀 없다는 것이었다. 그다음 단계에서 자신을 기다리고 있을 또 다른 불행을 마주하고 싶지 않았다. 산 너머도 산이고, 고생 끝에는 다른 고생이 온다는 걸 알아버린 이상 기를 쓰고 지금의 문제를 해결해야 할 이유가 없었다.

인간의 죽음을 앞날에 대한 기대와 설렘이 멈춘 날로 정의한다면, 오하석은 서른 살 무렵에 이미 죽었다. 오하석에겐 타르디그가 되지 못할 이유가 없었다. 쓸모없는 체수분을 훅훅 뱉어내고 한 줌 먼지로 폭발하는 쾌감은 인간이던 시절의 답답함에 대한 보상이었다. 먼지에서 인간으로 돌아올 때는 알몸 상태여서 적재적소에 옷을 미리 가져다 두어야 하는 번거로움이 있지만, 그 정도는 감당할 만했다.

휴대폰에서 알람이 울렸다.

실종자 가족 7차 브리핑 시간이었다. 경찰이 분명 실종자 수색을 전국 단위로 확대한다 했는데도, 저들은 고집스레 종합촬영소 안에서 버티고 있었다. 한심하고 성가신 인간들……. 보조출연자들이 첫잠에서 깨어나면 각자 혈육들부터 물어버리라 해야겠어. 오하석은 실종자 가족들의 대책본부가 있는 A세트장으로 향했다. 맘 같아선 먼지가 되어 허공에 떠 있고 싶은데, 아직은 보는 눈도 많고 할 일도 있었다. 터덜터덜, 무의미하기 짝이 없는 인간의 걸음을 내디뎠다. 촬영 장비를 실은 카고 트럭들을 지나 오하석이 A세트장 안으로 들어서려 할 때였다.

종합촬영소 입구 쪽에서 누군가 걸어오고 있었다.

강유어였다. 이전에 형식적인 인사를 주고받을 때만 해도 강유어는 오하석의 안중에도 없던 존재였다. 하지만 여자가 W관 앞에서 소란을 피우다 양말 이야기를 꺼내던 순간, 오하석은 강유어에게 흥미를 느꼈다. 집에서 잃어버린 양말은 집 안에 있다는 진리를 아는 여자였다. 어쩌다 보니 입에서 튀어나온 비유였겠지만 오하석에겐 상당히 신선한 충격이었다. 그런데 쌈닭 같은 관상이 걸림돌이었다. 어디서 멱살이라도 잡혔던 것처럼 목이 늘어난 티셔츠까진 그렇다 치더라도, 산발을 하고서 사람을 쏘아보는 여자와는 겸상도 하고 싶지 않았다. 하지만 어제 아침의 전화 한 통으로 오하석은 강유어에게 다시 흥미를 느끼기 시작했다. 강유어는 혼자의 힘으로, 호모 사피엔스를 지배종의 자리에서 퇴출시킬 대재앙 프로젝트에 접근하고 있었다. 타르디그의 정체도 얼추 파악한 듯했다. 타르디그의 입장에서 보면 강유어는 분명 위험인물이었다.

그리고 지금, 강유어는 자신이 위험인물이라는 걸 온몸으로 증명하고 있었다.

M16 소총인 듯 치켜든 뽀로로 물총과 앞으로 돌려 멘 배낭 위로 뽀족뽀족 주둥이를 드러낸 생수병들 그리고 여자가 짊어진 17L짜리 농약 살포용 스테인리스 분무기까지……. 기어이 타르디그의 약점을 알아낸 것이었다. 둘 사이의 거리가 5m쯤으로 좁혀졌을 때 강유어는 고개를 저어서 머리의 물기를 털었다. 물방울이 사방으로 튀었고, 오하석은 저도 모르게 입맛을 다셨다.

강유어는 시선을 A세트장 쪽에 붙박고서 오하석을 스쳐 지나갔다.

"벌레 새끼들, 눈에 띄기만 해 봐. 다 뒤졌어!"

강유어의 혼잣말에 오하석은 딸꾹질이 터졌다. 딸꾹질 박자에 맞춰 입김이 훅훅 새 나왔다. 오하석은 잇몸에 힘이 들어갔다. 타르디그 사냥에 나선 저 여자를 물어버리고 싶었다. 처음으로 흔쾌히 생명의 키스를 전하고 싶은 대상이 생겼다. 강유어는 탐나는 적군, 경쟁업체의 에이스 같은 존재였다. 그런 사람이라면 웃돈을 주고서라도 이쪽 진영으로 데려올 필요가 있었다.

강유어가 모퉁이를 돌아 사라지자 오하석은 A세트장으로 들어갔다.

"아침은 잘 드셨나요? 다들 지치셨을 것 같아서 투쁠한우 불고기 도시락과 약식을 준비하라 했는데, 입맛에 맞으셨는지 모르겠습니다."

인간의 시대를 잘 마무리하라는 의미를 담아 오하석이 준비한 환송 만찬이었다. 실종자들은 무사히 타르디그가 되어 당신들을 찾아갈 것이며, 인류는 이미 멸절의 길로 들어섰으니 실컷 먹어둬라.

"이미 들으셨겠지만 실종자들 소식은 새로운 게 없습

니다. 하지만 23명이나 되는 성인이 한꺼번에 어딜 갔겠습니까. 곧 반가운 소식이 들려오리라 믿고 다들 기운을 내십시오!"

오하석은 형식적인 브리핑을 마치고 서둘러 A세트장을 빠져나왔다.

강유어는 사극 세트장 근처에서 신발 끈을 고쳐 묶고 있었다. 그 와중에도 경계를 늦추지 않으려는 듯 뽀로로 물총을 옆구리에 낀 상태였다. 오하석은 강유어의 동의 없이 생명의 키스를 하고 싶지 않았다. 강제로 키스를 하면 여자는 오하석의 동족이 되겠지만, 살아 있는 내내 오하석을 잡놈으로 기억할 터였다. 오하석이 원하는 건 동족이 아니라 동지였다. 미국의 늙은이 스티븐 램파드는 생명의 키스를 전하는 일을 새로운 신학이라 떠들고 다니지만, 오하석에겐 그저 혁명이었다. 한 줌의 흙먼지로 인류의 형이상학과 전통들, 앞으로도 집 한 칸 내줄 것 같지 않은 도시들, 오하석의 젊음을 쥐어짜다가 마흔 중반쯤 되면 폐부품 취급할 게 뻔한 자본주의, 그 전부를 엿 먹이고 해체시키는 '먼지 혁명'이었다. 강유어라면 이 혁명의 동지로 적당해 보였다. 아니 전부터, 어쩌면 온전한 인간이던 시절부터 저런 동지가 있었으면 했던 것도 같았다. 오하석은 당분간 이종으로 지내더라도 강유어 스스로 생명의 키스를 청할 때까지 기다릴 작정이었다.

"W관에 가시나 봅니다."

그제야 강유어도 오하석을 올려다보았다. 통화까지 했는데도 강유어는 경계심이 역력한 표정이었다.

"인중의 상처는 뭐예요?"

오하석은 뜨끔하여 검지로 인중을 가렸다. 좀 전에 브리핑을 하다가 무심코 코 밑을 긁었는데 그때 화장이 지워진 모양이었다.

"아, 이거요? 사무실 집기 모서리에 살짝 찍혔습니다. 보는 분이 신경 쓰일 정도면 흉터 밴드라도 사서 가려야겠네요."

"어후 씨, 난 또……."

그제야 강유어는 인상을 폈다.

둘은 W관을 향해 같이 걸었다.

"종합촬영소 출입이 금지된 걸로 아는데, 어떻게 들어왔어요?"

오하석이 물었다. 정문 경비실에는 오하석이 가장 먼저 생명의 키스를 전파한 타르디그가 둘이나 있었다. 오하석의 명령에 따라 사람들을 공격하지 않고 평소와 다름없이 근무를 하고 있지만, 저만한 물통을 짊어진 사람을 그냥 통과시켰을 리는 없었다.

"입 주변에 상처가 있더라고요. 딴에는 가리느라고 여드름 패치를 붙였는데, 패치들이 입 주변을 동그랗게 에워싸고 있더라고요. 그래서 냅다 물총을 쏴버렸어요. 긴 설명을 하기는 좀 그렇고 이것만 알아두세요. 자잘한 상처들이 입가에 둥그렇게 찍혀 있는 사람들을 보면 일단 피하세요. 혹시라도 그놈들이 달려들거든 물을 뿌리세요. 놈들은 물을 싫어하거든요. 가장 좋은 건 목구멍에 생수병을 꽂아버리는 건데, 그러자면 가까이 다가가야 하니까 그냥 멀리서 물을 쏘는 게 최선이에요. 아, 잠깐만요."

강유어는 앞으로 멘 배낭 옆 주머니에서 작은 사이즈의 물총을 꺼냈다. 핑크색이 약간 바랜, '로보카 폴리' 엠버 물총이었다. 강유어는 엠버 물총을 오하석의 손에 쥐여주었다.

"물이 많지 않으니까 눈알을 겨냥해서 쏘는 게 좋을 거예요. 그것들은 물이 닿으면 살갗이 마구 부풀어 오르거든요. 팔뚝이나 종아리보다는 눈알이 부푸는 게 치명적이지 않겠어요?"

예상치 못한 전개에 오하석은 당황했다. 하지만 강유어의 말에 반박하거나 물총을 돌려주진 않았다.

"유어 씨는 어떻게 그 모든 걸 알아낸 거예요?"

"음, 그게……."

강유어는 잠시 뜸을 들이다가 다시 배낭을 뒤적였다.

"직접 읽어보세요. 이 모든 사태를 예견한 책이니까."

오하석이 얼결에 받아 든 것은 지퍼백에 담긴 소책자였다.

"7년 전 뉴욕에 갔을 때 산 책인데, 나도 이 책이 이렇게 쓰일 줄은 몰랐어요. 책에 끼워져 있는 별지도 꼭 읽어보세요."

오하석은 할 말을 잃은 얼굴로 〈잃어버린 양말 이론〉 책자와 강유어를 번갈아 보았다. 소책자는 전 세계에 몇 부밖에 없는 전설의 경전이었다. 오하석도 복사본밖에 만져보지 못했던 그 책이 지퍼백에 담긴 채 그의 손안에 들어왔다. 특히 엠제이 젠킨스가 쓴 별지가 끼워진 판본은 전 세계에 딱 5권밖에 없는 것으로 알려져 있었다. 그런 책을 소장하고 있다가 아무렇지도 않게 빌려주는 이 여자는 대체…….

강유어는 벌써 등을 보이며 앞서가다가 빠트린 말이 있는지 오하석을 돌아보았다.

"다 읽고 나면 A세트장 대책본부 탕비실에 갖다 두세요. 알아서 찾아갈 테니까."

11.

W관은 취재진이 눈에 띄게 줄어들긴 했으나 여전히 경계가 삼엄했다. 경찰들도 그대로였고 미군들도 여전했다. 오하석과 같이 올 걸 그랬나, 유어는 순간 후회가 되었으나 이내 고개를 저었다. 오하석이 유어의 가설들을 받아들였다 한들 XJ ENM의 노동자인 그가 피 한 방울 안 섞인 유어를 위해 모험을 할 리 없었다. 동행했다 해도 문 앞에서 인사를 하고는 그 안으로 자기 혼자 들어갔을 것이다.

경찰 하나가 얼굴을 알아본 느낌이 들어 유어는 미군들 근처로 자리를 옮겼다. 미군들은 처음 봤을 때와는 사뭇 다른 느낌이었다. 이틀 전만 해도 뻔뻔하고 음험한 관찰자 같더니 오늘은 어딘가 초조해 보였다. 브래들리를 똥파리 쫓듯 쫓아버리던 여유는 온데간데없고, 미군들은 저마다 검지로 이마를 긁적이거나 휴대폰으로 누군가와 통화를 했다. 유어는 저들의 변화가 어쩌면 현 상황이 미군의 통제를 벗어났거나, 예측에서 빗나갔기 때문이리라 추측했다. 통화를 마친 미군 하나가 유어를 알아보았는지 알은척을 했다. 유어를 훑어보며 엄지를 치켜세우는 게 스테인리스 분무기 패션을 칭찬하는 듯했다. 유어는 기회를 놓치지 않고 미군에게 다가갔다.

"쏘 왓츠 유어 플랜? 왓 아 유 고잉 투 두 위드 더 피플 인 데어?"

개떡같이 말해도 주한 미군 짬밥으로 찰떡같이 알아 들었을 터였다. 하지만 미군의 반응은 유어의 예상을 벗어난 것이었다.

"무슨 플랜이요? 우리도 걱정돼서 밥이 안 넘어가는데."

"네?"

"우리 친구들도 실종됐다고요."

"실종자 중에 미군도 있어요?"

"미군이라니, 무슨 말이에요?"

"그쪽 분들 유에스 아미 아니에요?"

"맙소사. 우리가 왜 미군이에요. 우리 텍사스 바비큐 파주점 직원들이에요. 우리 가게가 밀리터리 콘셉트이긴 하지만 미군이랑은 아무 상관도 없어요. 나는 체코 출신이고요. 우리 사장이랑 내 친구랑 둘이 영화 찍으러 갔다가 실종됐어요. 무슨 호러영화에 바비큐 전문 요리사가 필요하대서 특별 출연을 하게 됐는데 갑자기 사라진 거예요. 외국인이고 친형제도 아니라고 대책본부에도 안 들여보내주더라고요. 답답해서 이 앞에라도 서 있는 거예요."

유어는 그 말을 믿어야 할지 말아야 할지 감이 오질 않았다.

"아니, 그럼 어젠 왜 그랬어요? 어제 미친 타르디그, 그러니까 괴물 같은 놈이 나를 공격했는데 당신들이 그냥 쫓아버렸잖아요."

"아, 미안해요. 사실 그거 우리 친구 브래들리예요. 지난주에 출근도 안 하고 사라졌다가 며칠 만에 정신이 이상해져서 돌아왔더라고요. 아무나 보면 키스하려고 덤비고 피부 상태도 심각하고요. 큰 병원에 입원시켜야 할 것 같은데 갑자기 실종 사건이 터져서 브래들리한테 신경 쓸 여유가 없어요. 사장 찾는 게 먼저예요. 우리 이번 달 월급 못 받았어요."

설명을 듣고 보니 하얀색 티셔츠는 군 지급품이 아니라 바비큐 가게 유니폼 같았고, 얼굴들도 평택 근처는 가보지도 않았을 듯한 관상이었다. 제대로 헛다리를 짚었다는 사실에 유어는 한숨이 터졌다. 하지만 W관 안에 유슬이가 있다는 것만큼은 사실이었다. 이 모든 사태를 예견한 남자 폴 젠킨스와 그의 아내 엠제이 젠킨스 그리고 사람들 앞에서 먼지쇼를 벌이고 다니는 스티븐 램파드가 보증하는 사실이었다. 오늘 유슬이를 구하지 못하면 영영 기회가 없을지도 모른다. 간밤에 외삼촌네 농막에서 잠을 자둔 덕에 체력도 회복되었다. 늦둥이 사촌동생이 쓰던 물총까지 챙겨서 물을 채워놨으니 타르디그 대여섯 정도는 해치울 수 있을 것이다.

유어는 휴대폰을 꺼내 보았다. 아빠에게는 여전히 답이 없었다. 아빠에게 조력자 노릇을 기대하는 건 아니었다. 유어는 이미 혼자 싸울 각오가 돼 있었다. 하지만 유슬이와 재회하려면 아빠가 사태를 제대로 파악하고 있어야 했다. W관에 있는 시간이 길어지면 길어질수록 유슬이는 점점 타르디그에 가까워질 것이고, 이대로 가면 아빠가 자기 딸을 못 알아보는 일이 벌어질지도 몰랐다. 다시 톡을 보내려 하다가 이번에는 통화 버튼을 눌렀다. 다행히 아빠가 전화를 받았다.

"왜?"

"왜 톡을 씹고 그러세요?"

"말 같은 소릴 해야지."

"W관에 아무도 없는데 왜 아직도 그 앞에 경찰들이 있는 거죠?"

"그야 현장보존 차원이겠지."

"수사가 전국 단위로 확대됐는데 최초 실종 지점을 보존해서 뭐하게요. 몇 번이나 뒤졌다면서. 현장보존은 핑계고, 사실은 내부를 공개할 수 없는 이유가 있어서 막는 거라고요!"

"대체 누가 그런 짓을 한다는 거야?"

"실종자들을 저 안에 가둔 놈들이겠죠. 정확히는 이 집단 실종을 기획한 놈들이요."

유어는 이번에도 생명의 키스 이야기는 생략했다. 인간이 먼지가 된다는 사실을 받아들이지 못하는 아빠가, 생명의 키스 어쩌고 하는 소리를 참고 들어줄 것 같지 않았다.

"그래서 거기 어디에 유슬이가 있다는 건데? 또 토사가 유슬이라는 개소리를 할 거면 끊어!"

"그럼 어제 W관에 제습기가 가동됐는지만 알아봐주세요. 인간에서 흙먼지로 변한 존재는 수분에 취약해요. 어제 비가 왔으니까 종일 제습기가 가동되었을 거예요. 아빠 말처럼 아무도 없다면 제습기를 켤 필요도 없잖아요. 만약 제습기를 가동했다면 그 안에 유슬이가 있다는 뜻이에요. 아빠…… 큰딸이자 유슬이 언니로서 드리는 마지막 부탁이에요. 이번 일 끝나면 다시는 어떤 부탁도 안 할 거예요. 뭘 좀 부탁하라고, 엄마 아빠가 부탁을 해도 안 할 거예요. 아주 인연을 끊을 작정이거든요. 그러니까 이번 한 번만, 딱 한 번만 내 뜻대로 해줘요."

유어가 먼저 전화를 끊었다.

아, 젠장……

눈물이 날 것 같았다. 아빠에게 던진 말 중에 거짓은 한 톨도 없었다.

화장실로 가서 세수를 했다. 아예 세면대에 물을 받아 머리를 통째로 담갔다 뺐다. 머리부터 발끝까지 충분히 적신 뒤에는 뽀로로 물총에 물을 채웠다. 분무기가 잘 작동하는지 시험 분사를 하고 있는데 뉴욕의 재원에게서 전화가 왔다.

"폴 젠킨스와 스티븐 램파드에 대해 알아봐달라고 했지? 폴 젠킨스는 여전히 실종 상태야. 〈잃어버린 양말 이론〉을 팔던 기념품점도 관리인이 몇 번이나 바뀌어서, 지금 관리인은 폴 젠킨스가 누군지도 모르더라고. 그리고 나 스티븐 램파드를 만났어."

"언니가 그 사람을 만났다고?"

"응."

록펠러센터 전망대에서 군중에 에워싸였던 때를 생각하면 재원은 지금도 소름이 돋았다. 군중은 한목소리로 키스를 외쳤고, 스티븐 램파드도 분위기에 휩싸인 듯 재원에게 성큼성큼 다가왔었다. 스티븐 램파드의 입에서 또 하나의 주둥이가 튀어나오던 순간, 재원은 벳시의 일을 털어놓았다. 사랑하는 사람이 당신 같은 사람한테 물린 것 같은데, 제대로 먼지 인간이 되지 못하고 고통스러워하고 있으니 제발 도와달라고. 다행히 스티븐 램파드는 재원의 이야기에 흥미를 보였고, 둘은 군중이 없는 곳에서 따로 만나 긴 이야기를 나눈 터였다.

"그 사람이 사람들을 물고 다녀. 생명의 키스 말이야. 강제는 아니고 지원자들을 물어. 그 사람한테 물리면 신인지, 먼지 인간인지 뭔지가 되는 거야."

"타르디그……."

"그래, 타르디그."

재원은 스티븐 램파드와 따로 만났을 때 그가 자신을 무어라 소개했는지 기억하고 있었다. 전에는 스티븐 램파드, 이제는 영원히 타르디그. 그는 맨해튼 일대를 돌아다니며 인류의 시대는 끝이 났다고 외치고 다녔다. 며칠 전만 같아도 재원이 사이비 종말론 교회의 메시지쯤으로 치부하고 넘어갔을 소리였다. 하지만 스티븐 램파드에게 생명의 키스를 받겠다는 지원자들의 행렬을 재원은 두 눈으로 확인했다. 청년들이 대부분이었지만, 십대들과 노인들도 적지 않았다. 사람들이 타르디그가 되어 거리로 쏟아져 나오고 있었다.

"한국도 상황은 비슷해. 왜 갑자기 이러는 거래?"

"네 예상대로 전 세계에서 동시다발로 일이 터진 데는 이유가 있었어. 스티븐 램파드 말로는 '그분'이 때가 되었다고 선포했대. 그분이 오랜 숙고 끝에 결정을 했다고."

"그분? 그게 누군데?"

"너도 아는 사람."

"설마…… 폴 젠킨스?"

"아니. 폴 젠킨스는 저들이 말하는 신이 된 뒤에 죽었대. 원래 스티븐 램파드 같은 타르디그는 이론적으로는 죽지 않아. 먼지 상태로 수백 년도 버틸 수 있거든. 〈잃어버린 양말 이론〉에서 폴 젠킨스가 로어노크섬 사람들의 실종을 두고 뭐라고 결론 내렸는지 기억나?"

"응. 로어노크섬 사람들은 먹을 게 충분치 않아서 먼지 상태로 세월을 견뎠다고 했잖아."

"맞아. 그리고 폴 젠킨스는 그들 중 한 사람을, 정확히는 먼지 상태의 누군가를 뉴욕으로 데려왔어. 엠제이 젠킨스가 별지에서 말한 주머니에 담긴 흙이 로어노크 사람이었던 거야. 폴 젠킨스는 그 사람의 힘을 빌려서 타르디그가 되었던 거야."

"그럼 폴 젠킨스는 어쩌다가 죽은 건데?"

"스티븐 램파드 말로는 실종된 지 몇 년 만에 폴 젠킨스가 아내를 찾아왔대. 16세기의 로어노크섬 출신의 중년 남자와 함께 말이야."

폴 젠킨스는 로어노크섬 출신 남자와 함께 먼지 상태로 여행을 다니느라 세월이 가는 줄도 몰랐다고 했다. 변명이 더해진 진실을 털어놓은 뒤, 폴은 아내에게도 생명의 키스를 권했다. 언제까지 그만그만한 일상에 갇혀 살 거냐, 이제는 훌훌 날아다니며 살아봐야 하지 않겠냐고 했다. 엠제이 젠킨스는 나를 그만그만한 삶에 가둔 장본인이 할 소리냐고 폴에게 성을 냈으나, 숙고 끝에 생명의 키스란 걸 받기로 했다.

"하지만 신이 된 엠제이는 신을 죽일 수 있는 방법을 찾아내어 폴과 로어노크섬 출신의 타르디그를 죽여버렸어."

"엠제이가…… 그 둘을 죽였다고?"

유어가 놀라서 되물었다. 지금까지 엠제이 젠킨스는 폴의 아내, 〈잃어버린 양말 이론〉에 별지를 첨가한 인물에 지나지 않았다. 하지만 이제 그녀는 타르디그 사태의 중심 인물로 떠올랐다.

"어떻게 타르디그를 죽인 거야?"

"엠제이가 그들을 죽인 시기나 죽인 방법에 대해서는 스티븐 램파드도 아는 게 없대."

두 신을 죽였다는 고백을 끝으로 엠제이도 사라져버렸기 때문에 누구도 타르디그의 죽음에 대해서는 알 길이 없었다. 엠제이의 두 딸은 폴이 기념품점 안에서 사라진 뒤로 아버지를 다시는 만나지 못했다고 증언했다. 딸들은 아빠가 엄마 앞에 나타났다는 사실도 믿지 않았으며, 엄마가 어디로 갔는지도 알지 못했다. 딸들의 신고로 경찰이 엠제이의 오두막을 수색했지만, 실종 정황을 파악할 만한 단서는 찾지 못했다. 엠제이의 짐은 싹 사라지고 없었다. 경찰은 그나마 침대 밑에서 덕트 테이프로 감아둔 전선 다발을 발견했지만 먼지만 뿌옇게 내려앉아 있었을 뿐, 혈액이나 DNA 같은 유의미한 증거는 나오지 않았다.

"램파드는 엠제이가 신을 죽일 수 있는 방법을 영원히 감추려고 스스로 사라진 것 같다는데, 진실이 뭔지는 모르지."

"그런데 스티븐 램파드는 어떻게 엠제이를 만난 거야?"

"엠제이가 연 야드 세일에서 만났대."

폴 젠킨스에게 생명의 키스를 받기로 마음을 굳힌 엠제이는 먼저 오두막의 세간부터 정리했다. 거의 다 내다 버리고 불태웠지만, 아끼던 물건 몇 가지는 차마 버릴 수 없어서 야드 세일을 열었다. 야드 세일에 내놓은 물건은 대부분 스타디움 점퍼 같은 뉴욕 양키스 굿즈였다. 구제 시장에서 꽤 높은 값에 거래되는 품목들인지라 엠제이는 구매자가 돈 대신 자기 이야기를 들어주길 원했다. 그래서 야드 세일에 온 사람들 중 구매를 원하는 몇 명을 따로 티 파티에 초대했다. 거기에 스티븐 램파드가 있었다.

나중에 엠제이가 램파드에게 따로 고백한 바에 따르면, 그 티 파티는 자신과 폴의 실종 그리고 죽음에 얽힌 진실을 세상에 알리려고 사람들을 모은 자리였다.

"그때 엠제이의 오두막에 초대받은 사람은 7명이었어. 그런데 희한하게도 그 일곱의 국적이 다 제각각이었다고 해. 엠제이가 일부러 다양한 국적의 사람들을 고른 거지."

"설마 생명의 키스를 전 세계에 퍼뜨리려고?"

"램파드에게 털어놓기로 자기는 생명의 키스를 전파하는 게 목적이 아니라 그 키스에 대한 진실을 알릴 거라고 했대. 아무튼 램파드는 엠제이의 오두막에 초대받은 유일한 미국인이었어."

스티븐 램파드는 엠제이가 자기 돈으로 명품 슈트를 해 입힌 유일한 사람이기도 했다. 엠제이는 스티븐 램파드가 북미에서 생명의 키스를 퍼뜨리는 구심점이 되길

바랐다. 오두막 티 파티에서 엠제이는 7명의 손님들에게 뉴욕 양키스 굿즈를 공짜로 나눠 주었다. 그리고 처음 약속대로 자신의 이야기를 풀어놓았다.

그 이야기의 상당 부분을 차지하는 게 〈잃어버린 양말 이론〉 소책자와 별지의 내용이었다. 엠제이 젠킨스는 책의 사본을 손님들에게 보여주었다. 폴의 기념품점에서 판매되던 책들은 다 사라졌고, 엠제이 본인도 우연히 어느 중고 서적상에서 사본 하나를 겨우 구했노라고 했다. 7명의 손님 중 둘은 이야기가 끝난 뒤 굿즈를 받아서 돌아갔고, 다섯은 쉽게 자리를 뜨지 못했다. 엠제이는 그때 남았던 5명에게 처음이자 마지막으로 생명의 키스를 전파했다.

"다섯 중 하나는 뉴욕의 그 노인일 테고, 나머지 네 사람은 누구야?"

"그 부분은 자세히 듣지 못했어. 한국인도 하나 있었다는 것만 알아. 내 국적을 묻기에 한국이라고 했더니 그 자리에 뉴욕으로 출장을 온 한국인이 있었다고 말해줬어. 야드 세일에 온 거 보면 단기 출장보다는 파견근무 쪽이었던 것 같기도 하고. 내 생각엔 그 사람이 한국에 생명의 키스를 퍼뜨린 장본인 같아."

"신상정보는 모르고?"

"스티븐 램파드도 그가 젊은 남자였다는 것과 영화 쪽에서 일한다는 것밖에 모른대."

그 순간 화장실 창 너머로 XJ ENM이라는 글자가 강유어의 눈에 들어왔다. 어쩌면 종합촬영소에서 벌어진 집단 실종 사건은 영화 쪽 일을 한다는 그 남자가 꾸민 일일지도 몰랐다. 생각에 잠긴 유어를 재원이 불렀다.

"유어야."

스티븐 램파드에게 들은 이야기를 전하던 좀 전과는 사뭇 달라진 목소리였다.

"앞으로 언니랑은 통화가 힘들어질지도 몰라."

"왜? 무슨 일 있어? 언니 혹시…… 그 새끼들한테 물린 거야?"

"아니야. 그런데 타르디그들과 아주 관계가 없지도 않아."

"무슨 말이야?"

"사랑하는 사람이…… 물렸거든. 그래서 나도 장담할 수 없다는 뜻이야. 지난번에 개 키우냐고 물었었지? 그거 개 아니고 내 애인이야. 자꾸 날 물려고 해서 묶어놨더니 난동을 피우는 거였어."

"혹시…… 그 사람이 언니를 못 알아보는 거야? 저번에 무섭다고 했던 게 그 뜻이었어?"

135

"모르겠어. 날 잊은 건지 아니면 고통스러워서 몸부림을 치는 건지. 원래는 생명의 키스를 받으면 먼지 상태로 첫잠이라는 걸 잔다고 들었어. 개운하게 며칠 푹 자고 일어난 다음부터는 스스로 수분을 털어버리고 먼지가 되는 훈련을 한대. 새로운 생체리듬에 익숙해지는 과정이지. 그 과정을 반복하다가 몸을 자유자재로 조절하게 되면 온전한 타르디그가 되는 거야. 그런데 그 사람은 먼지가 되지 못하고 그냥 살갗이 마르면서 죽어가. 그러면 내가 물을 뿌려서 되살리는 수밖에 없어. 물이 닿으면 또 아프다고 소란을 피우고."

"언니…… 안 힘들어?"

그 사람이야 어떻게 되든 유어는 재원이 걱정이었다.

"힘들어도 그 사람이 사라지는 것보단 나으니까. 어떻게든 이 사람을 지킬 방법을 찾을 거야."

"그게 생명의 키스를 받아야 하는 거여도?"

"어쩌면……."

그제야 유어는 키우는 게 아니라 좋아하는 거라던 재원의 말뜻을 이해했다.

언니는 그 사람을 많이 좋아하고 있었다. 미친 짓이라고 소리치고 싶은데 유어는 입이 떨어지지 않았다. 타르디그가 되는 건 분명 미친 짓이 맞는데, 사랑하는 사람을 지키기 위해 인간의 삶 대신 타르디그의 삶을 선택하는 건 또 다른 차원의 문제였다. 그런 사람에게 인간으로 남으라고 강요할 순 없었다. 시발, 인간이 뭐라고…….

"언니 맘 가는 대로 해. 대신 나중에 후회해도 난 모른다."

"고마워, 우리 귀염둥이……. 유어야 앞으론 네 멋대로 살아."

왠지 언니에게 마지막으로 듣는 귀염둥이라는 말 같아서 유어는 코끝이 아릿했다.

재원은 유어에게 네 멋대로 살라는 말을 전한 뒤, 통화 종료 버튼을 눌렀다.

사실 마지막 인사를 고르는 데 고민이 많았다. 사랑한다, 응원한다, 성공해라, 부자 돼라, 좋은 사람 만나라……. 많은 후보들 중에 멋대로 살라는 말을 고른 건, 유어의 한쪽 발목이 여전히 부모와 동생의 삶에 비끄러매져 있다는 걸 알기 때문이었다. 세상이 뒤집히는 김에 유어가 자유로워졌으면 했다. 언니로서 유어에게 바라는 건 그거 하나였다. 녀석은 유독 정이 가던 동생이었다. 재원이 겪어서 알고 있는 종류의 외로움과 고단함이 그 아이를 뒤덮고 있었다. 나중에 자기도 미국에 정착해서 언니랑 같이 살 거라고 입버릇처럼 말하던 아이였다. 재원도 언젠가 유어와 함께 살게 될 줄 알았다. 하지만 지난해 겨울, 맨해튼의 칼바람에 세포들이 다 얼어붙는 것 같던 날 벳시와 연인이 되면서 재원에겐 유어와 나눌 수 없는 삶의 영역이 생겨났다. 재원은 그 삶을 지키기로 했다. 통화를 마친 재원은 센트럴파크의 앨리스 청동 조각상이 있는 데로 달려갔다.

"마음의 준비가 됐습니까?"

스티븐 램파드가 재원을 기다리고 있었다.

"그러니까 벳시는 어쩌다 하나씩 나오는 실패작이란 거죠? 신이 되지 못하고 고치 상태에 갇혀 지내는 실패작."

"그래요. 하지만 벳시는 달라요. 내가 조사한 바로 실패작들은 이삼 일을 넘기지 못했어요. 그런데 벳시는 여태 살아 있잖아요. 재원이 곁에 있어서 가능한 일일 겁니다."

"내가 완전한 타르디그가 되면…… 벳시를 더 잘 돌볼 수 있겠네요. 먼지 상태에선 배고픔을 모르니까 돈이 부족할 땐 벳시 몫의 빵만 사면 되고요."

"그렇습니다."

"좋아요, 램파드 씨. 나도 타르디그가 되겠어요."

벳시를 위해서라면 재원은 먼지가 되어도 상관없었다. 벳시를 잃고 슬픔에 빠져 마음이 산산조각 나는 것보다는 벳시 곁에서 먼지로 폭발하면서 살고 싶었다.

스티븐 램파드가 썩은 이빨이 다 보이도록 입을 크게 벌렸다. 입안에서 또 하나의 입이 튀어나왔다. 붉고 흉측하긴 해도 썩고 부러진 치아로 채워져 있던 노인의 원래 입보다는 깨끗한 것 같았다. 재원은 맨해튼의 하늘을 한 번 올려다보았고……

벳시, 며칠만 기다려. 먼지가 되어 만나러 갈게.

이어 힘주어 눈을 감았다.

12.

강진만의 걸음이 빨라졌다.

"유슬아! 아이고, 강유슬!"

강진만은 W관으로 뛰었다. 딸의 이름을 뱉고 나자 조바심에 속이 울렁거렸다. 진즉 큰애 말을 듣지 않은 자신이 한심해 죽을 지경이었다. 큰애가 성격이 강퍅해서 그렇지 허튼소리를 하는 애는 아닌데 내가 왜 그랬을까!

사실 큰애의 말에 설득당해서 제습기에 대해 알아본 건 아니었다. 나중에 말도 안 되는 원망을 들을까 봐 마지못해 한 일이었다. W관에 제습기가 없다는 말을 들었을 때만 해도 그럼 그렇지 했다. 그 안에 쌓여 있는 토사가 유슬이라는 말은 강진만이 육십 평생에 들어본 말 중에서 가장 심한 개소리였다. 하지만 어제 갑자기 W관으로 이동식 제습기가 서너 대 들어갔고, 오늘도 관계자가 제습기를 모으고 있다는 이야기를 듣자마자 뭔가 잘못됐다는 느낌이 들었다. 어제 종일 비가 내리긴 했지만, 아무도 없는 W관에 제습기가 왜 필요하단 말인가. 더구나 오늘은 이렇게 볕이 쨍쨍한데 제습기를 더 모으고 있다니. 혹시나 해서 날씨 앱을 확인했더니 내일 강수확률이 90%였다.

그리고 낚시 동호회 단톡방에 톡이 수백 개가 쌓여 있었다. 운영진들 사이에 싸움이 붙어서 사람들이 거지반 빠져나간 뒤로는 간간이 회원들의 개업 광고나 올라오던 톡방이었다. 소속 단톡방마다 집단 실종 관련 제보를 부탁한다는 글을 올려두었던 터라, 강진만은 급히 단톡방을 확인했다. 올라온 소식은 집단 실종 관련 내용은 아니었고, 회원 김 아무개가 어디선가 퍼 온 글과 영상을 두고 왁자한 이야기들이 오가는 중이었다. 김 아무개가 퍼 온 글에 따르면 서울-문산 고속도로 월롱 나들목 부근에서 웬 남자가 도로 한가운데 서 있다가 자동차와 충돌 직전에 퍽! 하고 터지더니 흔적도 없이 사라진 사건이 발생했다. 남자가 사라진 자리에는 먼지만 자욱했다는 것이다. 그 믿지 못할 이야기 아래에는 당시 근처를 지나던 운전자가 제보한 블랙박스 영상 링크가 있었다. 강진만도 영상을 열어 보았다. 멀끔한 슈트 차림의 젊은 남자가 고속도로에 고개를 푹 숙이고 서 있다가 갑자기 사라졌다. 물론 블랙박스 영상으로 제작된 영화의 한 장면이거나 조회수에 환장한 유튜버가 기획한 영상일 수도 있었다. 하지만 다른 회원 하나가 유사한 목격담을 퍼 왔고, 강진만은 머릿속이 아득해졌다. 토사가 유슬이라는 큰애의 말이 개소리가 아닐 가능성이 생겨 버린 것이다. 그것만으로도 강진만은 오장육부가 조여드는 기분이었다.

"아이고, 유슬아!"

강진만은 구형 영사기 모양의 구조물 쪽으로 뛰었다. 조금만 더 가면 W관이어서 속도를 올리는데, 구조물 뒤에서 누가 튀어나왔다. 노란색 랄프로렌 포플린 셔츠에 잘 다림질된 면바지까지 차림새는 멀쩡한데 뺨이며 목, 팔뚝의 살갗이 온전치 않았다. 놈은 순식간에 강진만을 자빠뜨리고 그 위에 올라타더니 쉬익, 쉬익 날숨을 뱉었다. 곧이어 강진만의 단골 밥집 까치할매곰탕집의 곰솥 뚜껑을 열었을 때만큼이나 짙은 김이 뿜어져 나왔다. 놈의 외형과 놈이 하는 짓은 강진만의 경험세계 밖의 것이었다. 뿌연 증기 너머에서 껍질이 홀랑 벗겨진 살덩어리가 불쑥 나타났다. 그 살덩어리의 가운데가 원형으로 벌어지면서 가장자리의 촘촘한 이빨들이 모습을 드러냈다. 그제야 강진만은 그게 또 하나의 주둥이라는 걸 알아챘다. 뭘 어째 볼 틈도 없이 주둥이가 강진만의 얼굴로 다가왔다. 그리고…….

끼익 끼익 하는 금속성 마찰음과 함께 강진만의 얼굴로 물이 날아들었다.

"저리 안 꺼져, 이 괴물 새끼야!"

유어였다.

물을 얻어맞은 괴물은 경련을 일으키며 뒤로 나동그라졌다. 피부 상태로 보아 예비 타르디그 상태였고, 유어도 아는 놈이었다. 주둥이 주변에 서너 개 남아 있는 여드름 패치와 복장으로 보아 종합촬영소 경비실 앞에서 유어에게 물세례를 받았던 직원 중 하나였다. 처음 만났을 때만 해도 평범한 직원인 척하더니, 이제는 본색을 숨길 마음이 없어 보였다. 유어는 괴물의 가슴을 한 발로 뭉개고 서서 놈의 입에다 생수를 들이부었다. 이어서 컥컥거리는 놈의 머리통을 아주 박살 낼 기세로 걸어

찼다. 강진만은 입을 떡 벌리고서 딸의 발놀림을 지켜보았다. 처음 해보는 솜씨가 아니었다.

"그렇게 넋 나간 얼굴로 계실 거예요? 앞으론 이런 놈들이 사람보다 많아질지도 몰라요. 저놈들한테 물리면 며칠 동안 먼지 상태로 첫잠이란 걸 자다가, 저런 괴물로 깨어나는 거라고요. 서두르지 않으면 유슬이도 저렇게 변할 거예요. 제습기는 알아보셨어요?"

유어가 발길질을 멈추자 괴물은 기다시피 해서 맞은편 건물 쪽으로 달아났다.

"네 말대로 어제 종일 제습기를 돌렸고, 오늘도 W관에 보낼 제습기를 더 구하고 있다더구나."

"다행이에요. 제습기를 추가로 구한다는 건 비 예보가 있는 내일을 대비한다는 뜻이고, 그건 실종된 사람들이 내일까지는 먼지 상태로 잠을 자야 한다는 뜻일 테니까……. 아직은 시간이 있어요. 오늘 안으로 사람들을 깨우면 돼요."

유어는 등에 메고 있던 분무기를 강진만 앞에 내려놓았다. 강진만의 기억이 옳다면 저건 처남이 농약 살포용으로 구매한 스테인리스 분무기였다. 조카 세미가 물통 측면에 그려놓은 엉성한 하트가 그 증거였다. 그 무렵 세미는 친척들이 모였다 하면 누가 제 엄마 아빠 물건을 가져갈까 봐 오만 데다 하트를 새기고 다녔다. 유어가 왜 저걸 짊어지고 있는지는 알 수 없지만, 확실한 건 저 섬뜩한 잡놈이 물벼락을 맞자마자 죽는시늉을 하기 시작했다는 점이었다.

"그거 삼촌 농막에 있던 거 아니야?"

"맞아요. 저놈들은 물을 싫어하거든요."

유어는 배낭에 있던 생수병을 꺼내 분무기 수통에 부었다.

"이제부턴 아빠가 지고 다니세요. 나는 생수병을 쓰면 되니까."

"이걸로 뭘 어쩌라는 거냐?"

"W관에 들어가서 물을 뿌려야죠. 중요한 건 그 안을 아주 흠뻑 적셔야 한다는 거예요."

"물을 뿌리면 뭐가 어떻게 되는데?"

"유슬이가 깨어날 거예요. 인간의 몸으로 돌아오려면 유슬이가 많이 고통스러울 거예요. 그래도 수분을 충분히 흡수하고 나면 원래의 유슬이로 돌아올 거니까 무슨 수를 써서라도 W관을 물바다로 만들어야 해요."

사실 유어도 유슬이를 온전하게 깨울 수 있을지 확신할 수 없었다. 첫잠을 방해받은 인간이 어떻게 되는지는 어디까지나 추측의 영역이었다.

"알았다. W관은 내 알아서 할 테니까 너는 집에 가."

"아빠 혼자 뭘 어쩔 건데요?"

"테레비나 보고 발가락이나 후비다가 육십 먹은 줄 아냐. 이제부턴 아빠가 할 거니까 너는 괴물인지 뭔지가 하나라도 적을 때 집에 돌아가."

"지금 누가 누굴 걱정하는 거예요? 방금 괴물한테 물어뜯길 뻔한 게 누군데요."

"아빠 말 안 들어?"

"아니, 왜 소리를 지르고 그래요? 멀쩡히 대화 좀 하면 어떻게 돼요? 사태를 먼저 파악한 것도 나고, 괴물들이랑 싸운 경험도 내가 훨씬 많다고요! 유슬이 보고 나면 그땐 가지 말라 해도 갈 거니까, 아주 영영 집구석을 떠날 테니까 나한테 이래라저래라 하지 마세요."

다소 거친 대화가 오가는 사이 괴물이 또 나타났다. 좀 전에 달아난 놈과는 다른 녀석이었다. 이번에는 검정색으로 상하의를 맞춰 입고 역시나 검은색 야구 모자를 눌러쓴 거구였다. 물총으로 간단히 제압할 수 있으리라는 확신이 서지 않았지만, 확실한 건 아빠가 있어 봤자 아무 도움도 안 된다는 사실이었다.

"좋아요, 난 저놈을 처리하고 갈 테니까 아빠는 빨리 W관으로 가세요."

"괜찮겠어?"

강진만이 못 미더운 얼굴로 물었다.

"혼자서는 오 분이면 끝나고, 아빠가 거치적거리면 십 분 정도 걸리지 싶은데요."

"알았다."

강진만은 딸을 일별한 뒤 스테인리스 분무기를 짊어 지고 떠났다.

유어는 배낭 옆 주머니에 있던 500ml 생수병을 허리 춤에 꽂고는 뽀로로 물총을 치켜들었다.

"덤벼, 이 해충아!"

일단 내질렀지만 유어는 긴장이 되었다. 지금까지 유어가 봤던 고치 인간들은 붕대를 풀어낸 미라 같았는데, 눈앞의 녀석은 피부 대신 질긴 고무를 씌운 기계 인간 같았다. 반팔 셔츠 아래로 드러난 팔뚝은 도저히 유어와 같은 탄소 기반의 생명체라는 게 믿기지 않을 정도로 단 단해 보였다. 저 팔뚝에 얼굴이라도 얻어맞으면 물총 한 번 쏘지 못하고 광대뼈가 으스러지고 이빨이 털릴 것 같 았다. 유어는 놈과의 거리를 유지하기 위해 뒷걸음질 치 면서 물총을 겨누었다. 눈알을 겨냥했음에도 첫 번째 물 줄기는 놈의 광대를 겨우 스치고 지나갔다. 오른쪽 광대 쪽 살갗이 잠시 출렁이다가 이내 잔잔해졌다. 유어는 다시 뒷걸음질 치며 물총을 겨누었으나 발이 꼬여 주저앉고 말았다. 생수병이 눈치 없이 굴러가서 놈의 두 발 사이에서 멈추었다. 놈은 모자 그늘 밑으로 그 지긋지긋한 김을 뿜어내며 다가왔다. 유어가 최대한 몸을 바닥으로 젖히며 물총을 쏘았지만, 물줄기는 긴 포물선을 그리며 놈의 어깨를 넘어가버렸다. 그리고 다음 기회는 없었다.

뽀로로 물총은 놈의 발길질에 날아가버렸다. 놈은 유어의 멱살을 쥐고는 얼굴에다 입김을 뿜어냈다. 놈은 그전까지의 예비 타르디그들과 다르게 일부러 유어를 도발하려는 듯 입김을 뱉어내고 있었다. 시굼시굼한 흙냄새와 담배 냄새가 뒤섞인 구취에 유어는 고개를 돌렸다. 기분이 상당히 더러운데 놈의 손아귀가 너무 세 벗어날 도리가 없었다. 놈은 유어의 얼굴을 제 쪽으로 끌어당기고는 입을 벌렸다.

퉤!

발버둥을 치던 유어는 놈의 얼굴에 침을 뱉었다. 놈이 얼굴을 일그러뜨리며 둥근 주둥이를 내밀었다. 유어는 최대한 목을 움츠리며 눈을 질끈 감았다. 축축하고 미끈거리는 것이 유어의 인중에 닿았다. 눈을 감은 상태였고 생명의 키스도 처음이었지만, 유어는 지금 자기 인중에 닿은 게 놈의 혀라는 데 통장잔고를 다 걸 수도 있었다.

놈은 생명의 키스를 구실로 유어를 희롱하고 있었다. 마음 같아선 박치기라도 하고 싶은데 놈이 멱살을 너무 꽉 쥐고 있어서 목을 뒤로 젖히기가 힘들었다.

놈의 혀가 이번에는 유어의 윗입술에 닿았다. 유어가 고개를 비틀며 몸서리치는데 누군가의 목소리가 유어와 놈 사이를 파고들었다.

"야, 이 미친 새끼야!"

목소리의 주인이 예비 타르디그의 머리를 걷어찼다. 하지만 놈은 꿈쩍도 하지 않았고, 외려 목소리의 주인이 고꾸라지고 말았다. 유어에게서 1m쯤 떨어진 곳에 엎어져 있는 사람은 오하석이었다. 유어는 놈의 시선이 잠시 오하석에게 쏠린 틈을 타 주둥이 측면에 주먹을 꽂았다. 가까스로 풀려난 유어는 재빠르게 물총을 주워서 놈의 얼굴에다 쏘았다.

"크하하하학!"

놈이 쇳소리를 내지르며 얼굴을 싸쥐었다. 그제야 몸을 일으킨 오하석은 얼굴을 일그러뜨리며 놈에게 다가갔다. 오하석 딴에는 자존심이 상했겠지만, 유어에게는 너무나 빤한 결말이 내다보였다. 유어는 인류애를 지키는 길과 오하석을 방패로 삼는 길 사이에서 잠시 번민했다. 검은 모자에게 오하석을 내어주면 유어는 달아날 시간을 벌게 된다. 유어가 결론을 내리지 못하고 있는 사이 오하석이 다시 놈에게로 달려들었다.

오하석이 놈에게 발을 뻗기 전, 유어가 먼저 움직였다.

"비켜요!"

유어는 물총의 개머리판으로 놈의 얼굴을 후려친 뒤 오하석의 손을 잡아끌며 달아났다.

13.

"유어 씨, 여긴 여자 화장실이잖습니까."

유어가 오하석을 데려간 곳은 버추얼 스튜디오 근처의 외부 화장실이었다.

"일단 머리부터 적셔요."

유어는 찰랑거리도록 물을 받은 세면대에 오하석의 머리를 처박았다. 오하석이 버둥거렸지만 머리가 고루다 젖을 때까지 머리통을 짓눌렀다.

"이 정도면 도주할 시간은 확보할 수 있을 거예요."

유어는 입고 있던 바람막이 점퍼를 벗어서 물에 담그며, 제 머리에도 흠뻑 물을 적셨다.

"아까 그놈들의 약점은 물이에요. 물을 뿌리면 좋은데 생수병도 다 잃어버리고 물총은 박살이 나서 무기로 쓸

만한 게 옷밖에 안 남았네요."

"왜 유어 씨 혼자 달아나지 않은 거죠? 그놈이랑 나랑 싸우게 두고 도망갈 수도 있었잖아요."

"그러게요."

유어는 좀 전의 상황을 복기하며 오하석을 보았다.

분명히 처음엔 오하석을 고기 방패로 내주자는 쪽으로 마음이 기울었다. 하지만…… 아마도 저 옷이 문제였을 것이다. 오하석은 신체 일부 같던 슈트 대신 낡은 광택 소재의 야구 점퍼 차림이었고, 그 때문인지 도시 문명 곳곳에 포진하고 있는 침착한 개새끼 계열의 직장인이 아닌 동네 백수로 보였던 것이다. 유어는 카페 점원에서 편의점 점원으로, 화장품 제조업체 비정규직 사원에서 인터넷 쇼핑몰 비정규직 MD로 뜀을 뛰며 살아왔지만, 그 사이사이엔 간헐적 백수로 지냈다. 백수란 하나의 계절은 끝이 났는데 다음 계절이 언제 시작될지 모르는 황량한 간절기였다. 오하석의 낡은 점퍼가 그때의 기억을 일깨웠고, 유어는 자신도 모르게 백수의 연대의식을 발휘하여 야구 모자 괴물에게 물총 개머리판을 휘둘렀던 것이다.

그런데 찬물로 머리를 식히고 보니 좀 전의 행동은 판단 미스였다. 야구 점퍼 차림의 오하석은 백수가 아니었고, 운이 나빴다면 오하석 대신 유어가 물렸을지도 몰랐다. 게다가 아까 그놈은 얌전히 이빨 자국만 새기고 가는 유형의 괴물이 아니었다. 놈은 개잡놈 부류의 인간이었다가 역겨운 해충으로 변이된 괴물이었다. 유어는 놈의 혀가 인중에 닿던 순간을 떠올리며 주먹으로 세면대의 물을 내리쳤다.

"유어 씨, 괜찮아요?"

오하석이 물에 빠진 생쥐 꼴을 하고 유어의 안색을 살폈다. 유어는 계획을 변경하기로 했다. 원래는 유슬이만 구하고 나면 곧장 사무실로 돌아갈 예정이었는데, 저 괴물 놈들 몇 마리는 잡아 죽이고 가야 할 것 같았다. 돌이켜보면 유어는 늘 쫓기며 살았다. 집에서는 맏이라면 당연히 해야 한다고 짊어지우는 것들에, 밖에서는 월세에 대출금 이자까지 계속해서 몸집을 불려가는 것들이 채찍을 휘두르며 유어를 쫓아오는 느낌이었다. 유어는 타르디그들이 날뛰는 세상이 차라리 반가웠다. 처음으로, 태어나서 처음으로, 유어는 뭔가를 뒤쫓고 사냥하는 입장이 되고 싶었다. 그러자면 유슬이부터 깨워야 했다.

"오하석 씨, 이렇게 된 거 은혜 갚는 셈 치고 나 좀 W관에 들여보내줘요. 일행이라고 둘러대면 되잖아요. 오팀장님은 XJ ENM의 대변인이니까 똥을 된장이라 해도 사람들이 믿어줄 거 아니에요."

"그건 좀 곤란합니다. 유어 씨 부탁이라면 뭐든 들어드리고 싶지만, 공사 구분은 해야 하는 입장이라."

"젠장, 머리 검은 짐승은 구해주는 게 아니라더니……."

유어가 혼잣말을 하며 젖은 점퍼를 팔목에 둘둘 감았다. 역시 첫인상은 거짓말을 하는 법이 없었다.

"그런데 오 팀장님은 대변인이라는 사람이 근무시간에 그렇게 동네 백수 같은 차림으로 막 돌아다녀도 돼요?"

"아, 그건…… 유어 씨를 찾아다니던 중이었습니다."

오하석은 야구 점퍼 안주머니에서 뭔가를 꺼냈다.

"이거 돌려드리려고요. 잘 봤습니다."

지퍼백에 담긴 〈잃어버린 양말 이론〉 소책자였다. 유어는 책을 배낭에 넣었다.

"그냥 대책본부 탕비실에 갖다 두면 내가 찾아갈 텐데요. 별지까지 다 읽어봤어요?"

"네. 폴 젠킨스가 쓴 본문과 미망인 엠제이 젠킨스가 쓴 별지까지 다 봤습니다. 책 내용도 놀라웠지만 솔직히 말하면 유어 씨가 그 책을 가지고 있는 게 더 신기했습니다."

"신기할 거 없어요. 7년 전에 뉴욕 여행 갔다가 산 거니까."

"그럼 자연사박물관 앞에 있다는 기념품점 매대에서 유어 씨가 직접 책을 고른 거예요?"

오하석이 눈을 반짝거리며 물었다.

"네. 워낙 얇아서 관광 안내책자인 줄 알고 샀어요. 그런데 지금 그게 문제가 아니잖아요. 〈잃어버린 양말 이론〉을 다 읽고 괴물의 존재까지 직접 본 팀장님이 이렇게 비협조적으로 나오다니, 실망입니다. 그냥 W관에 들여보내주기만 하면 되는데 말이에요."

"나는 일개 월급쟁이일 뿐입니다. 상부의 지시를 어길 순 없습니다."

"대체 상부의 어떤 놈이 그런 지시를……."

유어는 잠시 말을 멈추었다.

그놈이다! 엠제이 젠킨스의 야드 세일에 왔다가 오두막 티 파티에 초대된 5명 중 하나이자 유일한 한국인, 영화계 쪽에서 근무한다던 그놈!

"오 팀장님, 그놈이에요! W관에 외부인이 들어가지 못하게 지시를 내린 XJ ENM의 관계자, 그놈이 이번 집단 실종 사건을 꾸미고 종합촬영소 주변에 괴물들이 날뛰도록 만든 장본인이라고요! 그 상사란 사람 누구예요?"

"그게 무슨 말이죠?"

"며칠 사이에 전 세계에서 동시다발로 타르디그들이 날뛰고 있어요. 자연적인 상태의 팬데믹이라면 이렇게 전개되지 않아요. 최초 발원지에서 주변으로 퍼져나가는 식이겠죠. 그런데 북미, 남아프리카공화국, 헝가리, 중국, 한국 다섯 곳에서 거의 동시에 일이 터졌다고요. 뉴욕에 사는 친척언니한테 들었어요. 이건 치밀한 계획 하에 다섯 국가의 타르디그들이 함께 움직인 거예요. 그중에 한국인이 하나 있는데 영화계 쪽에서 일하는 사람이라고요. 오 팀장님 상사 중에 그놈이 있다고요!"

유어는 오하석의 얼어붙은 얼굴을 보고는 어깨를 두드려주었다.

"너무 충격받을 것까진 없어요. 직장상사가 괴물인 게 오 팀장님 탓은 아니니까. 그 사람 누군지 알려줄 수 있어요?"

"안다고 해도 유어 씨가 뭘 어쩌게요?"

"죽여야죠. 세상이 망하는 건 상관없는데, 이런 식으로 갑자기 망하는 건 싫어요. 오 팀장님, 그 사람 누구예요?"

유어가 오하석의 눈을 똑바로 보며 재차 물었다.

"유어 씨……."

한동안 말을 잇지 못하는 오하석을 향해 유어가 입을 열었다.

"이번 부탁도 거절당했네요. 그럼 우린 여기서 헤어지기로 하죠."

"······어딜 가려고요."

오하석이 유어의 손목을 쥐었다.

"내가 어딜 가든 오 팀장님하고는 상관없잖아요. W관에 들여보내줄 것도 아니고, 그놈이 누군지 알려주지도 않을 거면 내 일에 신경 끄세요."

유어는 오하석의 손을 뿌리치고 그대로 화장실을 빠져나왔다.

W관 앞은 여전히 경찰과 텍사스 바비큐 직원들, 소수의 취재진이 지키고 있었다. 예비 타르디그들은 보이지 않는 것으로 보아 놈들은 군중보다는 혼자 다니는 사람이나 작은 무리를 노리는 듯했다. 강진만은 어디서 뭘하고 있는지 보이지 않았다. 유어는 아빠에게 연락을 할까 하다가 관두었다. 이미 해야 할 말도, 할 수 있는 설명도 다했으니 그다음은 아빠에게 맡기는 수밖에 없었다. 유어는 텍사스 바비큐 파주점 직원들 근처에 자리를 잡고서 W관으로 들어갈 기회를 엿보았다. 체코 출신 직원

이 먼저 말을 걸어왔다.

"다음에 우리 가게 한번 와요. 사이드 메뉴 서비스로 줄게요."

"고마워요. 기회 되면 친구들이랑 갈게요."

기회는 오지 않을지도 몰랐다. 정부나 세계보건기구의 공식발표는 없었지만, 내일의 세상은 오늘과 많이 다르고 며칠 뒤의 세상은 오늘과 아주 딴판일 것이다. 검은 모자의 등장으로 유어는 물총만으로는 예비 타르디그들을 완전히 제압할 수 없다는 걸 깨달았다. 물총은 놈들에게 한시적인 고통을 안겨줄 뿐이었다. 놈들은 피부가 회복되는 대로 다시 일어나서 또 덤벼들 것이다. 그리고 변이가 완료된 타르디그들은 어쩌면 사람을 죽이는 방식으로도 죽일 수 없을지 모른다. 사람과 먼지 상태를 자유자재로 오가는 타르디그를 무슨 수로 없앤단 말인가.

그 순간 유어의 뇌리에 한 사람의 이름이 스쳤다.

엠제이 젠킨스!

유어는 엠제이가 폴과 로어노크섬 출신의 남자를 죽였다는 사실을 떠올렸다. 엠제이가 타르디그들을 없애는 데 사용한 방법을 찾아야 했다. 유어는 구글 검색으로 엠제이 젠킨스라는 이름의 SNS 계정주들을 찾아냈다. 그중에서 유어가 주목한 건 2024년 6월에 마지막으로 업데이트된 페이스북 계정이었다. 계정주가 남긴 자기소개는 다음과 같았다.

나는 잃어버린 양말을 찾을 생각이 없다. -메리 제인

메리 제인…… 엠제이 젠킨스에서 폴의 성을 지우고 남은 M. J.가 메리 제인의 약자라면 가능한 일이었다. 그리고 이 세상에 그런 문장으로 자신을 소개할 사람은 폴의 아내 엠제이 젠킨스 아니, 메리 제인밖에 없을 것이다. 유어는 엠제이가 올려놓은 자료들을 살펴보았다. 엠제이가 처음 게시물을 올린 것은 폴의 실종 이후로 추정되는 2016년 가을이었다. 첫 게시물은 비키니 차림의 금발머리 여자가 비치 볼을 들고 환하게 웃고 있는 오래된 사진이었다. 낡은 사진 속 여자는 지금의 유어 나이쯤으로 보였다. 유어는 남편이 사라진 뒤 낡은 사진첩에서 이 사진을 고르는 엠제이를 상상했다. 타르디그가 된 엠제이가 가고 싶었던 곳은 어쩌면 낯선 도시들이 아니라 젊은 메리 제인이 웃고 있는 이 해변이 아니었을까. 신이 되어서도 그 시절의 해변으로 돌아갈 수 없다는 사실이 절망스럽고, 평생 로어노크섬에 미쳐 있던 남자 곁

에서 허비해버린 세월이 억울해서…… 폴을 죽였을지도
모른다.

"잘했어요, 엠제이. 그런데 폴을 어떻게 죽였는지 힌
트 좀 주면 안 돼요?"

유어는 구시렁거리며 엠제이의 페이스북 게시물들을
훑어갔다.

엠제이가 폴을 죽인 시기는 확실하지 않기 때문에 폴
의 죽음과 관련된 게시물이 무엇인지는 알 수 없었다.
유어는 최근의 게시물들을 꼼꼼하게 확인했다. 폴의 죽
음과 직접적인 관계는 없더라도 오래전 폴이 그랬던 것
처럼 자발적 실종을 결심한 엠제이의 심리가 드러나 있
을지도 모르기 때문이었다.

엠제이가 2024년 6월에 마지막으로 남긴 게시물은
고무 재질 화분에 심어진 올리브나무 사진이었다. 사진
밑에는 스마일 이모티콘 서너 개만 나열되어 있을 뿐 멘
트는 없었다. 그 전에 남긴 게시물은 미용실로 추정되는
곳에서 찍은 잡지 사진이었다. 반달 모양 쿠션 위에 잡
지가 펼쳐져 있고, 맞은편 거울에는 머리에 비닐캡을 쓴
중년 여자가 휴대폰으로 셀피를 찍고 있었다.

엠제이!

유어는 아는 사람을 만난 것처럼 반가웠다. 중년의 엠

제이는 미간이 좁고 콧등이 붉고 반질반질했으며, 페이스북 첫 게시물에 있던 비키니 차림 시절에 비해 몸이 제법 불어난 상태였다. 미용실에서 머리를 손질하고 닷새 후에 올리브나무 화분 사진을 올리고 사라진 여자…… 유어는 엠제이가 실종된 시기가 궁금해서 재원에게 전화를 걸었다. 하지만 재원의 전화기는 꺼져 있었다. 유어는 성대가 뻐근해졌지만 울지 않았다.

재원은 자신이 선택한 삶으로 떠났다. 마지막 통화에서 재원은 유어에게 네 멋대로 살라고 했다. 그때 언니는 앞으로 우리의 삶이 '먼지가 될 것인가, 먼지만큼이나 불안한 인간으로 남을 것인가'라는 선택을 필연적으로 거쳐야 한다는 걸 내다본 게 아닐까. 그래서 내 선택을 존중한다는 의미로 네 멋대로 하라고 했을 것이다.

언니…….

이제는 유어가 혈육이나 세상의 시선에 방해받지 않고, 그저 유어 멋대로 삶을 선택할 차례였다.

언니, 나는 사람으로 남을 거야. 집에서도 사회에서도 뜬 먼지처럼 살았는데, 자갈처럼 묵직하게 자리 잡고 내 인생도 한번 살아봐야지. 내 선택을 방해하는 게 있으면 그게 인간 고치든 진짜 타르디그든 다 해치울 거야.

유어는 엠제이의 마지막 게시물을 다시 보았다. 거울

속 엠제이의 입 주변엔 흉터가 보이지 않았다. 하지만 사진을 확대하자 양쪽 팔자주름에 하나씩 그리고 턱에 두 개의 붉은 점이 보였다. 파운데이션 같은 것으로 물린 자국을 가린 듯했다. 엠제이는 타르디그가 된 자신의 얼굴을 페이스북에 남겨두고 떠난 것이다. 유어는 사진의 다른 부분도 확대해 보았다. 엠제이가 보고 있는 잡지가 뭔지는 정확히 알기 어려웠지만, 펼쳐놓은 페이지의 소제목은 알아볼 수 있었다.

포브스 선정 인류 역사상 최고의 발명 도구 스무 가지.

엠제이는 오른손으로 셀피를 찍고, 왼손 검지로는 발명 도구들 중 하나를 가리키고 있었다. 덕트 테이프였다. 유어는 텍사스 바비큐 전문점 직원에게 덕트 테이프에 대해 물었다. 체코 출신 직원은 양손 엄지를 들어 보이며 덕트 테이프의 위대함을 설파했다.

"덕트 테이프만 있으면 주방 도구 다 땜빵 가능해요. 손으로도 쉽게 찢어지고, 접착력은 어마어마해서 쓸모가 많아요. 우리 가게 화장실 타일이 낡아서 미끄러운데 덕트 테이프로 간단하게 해결했어요. 바닥에 덕트 테이프만 붙여놓으면 미끄럼 방지 아주 잘돼요. 너도 해봐요."

유어는 엠제이의 페이스북 마지막 게시물을 보았다. 처음에는 올리브나무만 보였는데 이제는 다른 것이 눈에 띄었다. 고무 재질 화분의 가장자리를 수리하는 데 쓰인 은회색 테이프.

"이것도 덕트 테이프야?"

유어가 휴대폰으로 올리브나무 화분 사진을 보여주자 체코 출신 직원이 다시 엄지를 치켜들었다.

"역시 땜빵과 수리엔 덕트지!"

유어는 소름이 돋았다.

엠제이는 치밀하고 섬세한 사람이었다. 오두막에서 유일하게 발견된 전선 다발은 우연이 아닌 엠제이가 남기고 간 힌트였다. 비밀은 전선 다발을 감고 있던 덕트 테이프였던 것이다. 페이스북의 최근 게시물들 또한 그녀의 은밀한 메시지였다.

엠제이가 잃어버린 양말을 찾을 생각이 없다고 선언했음에도 폴은 그녀를 다시 찾아왔다. 잃어버린 양말이 눈치도 없이 제 발로 찾아온 것이었다. 엠제이는 덕트 테이프로 폴과 로어노크섬의 남자를 죽였을 것이다.

납치범들이 덕트 테이프로 사람들의 입을 막는 장면은 유어도 드라마나 영화에서 자주 보았다. 하지만 엠제이는 단순히 기도를 막는 방식으로 폴을 죽인 게 아닐 것이다. 상대를 질식시키는 게 목적이면 덕트 말고도 전선, 노끈, 스카프 등 다른 도구를 사용할 수 있었다. 그런데도 엠제이가 덕트를 지목했다는 건 초강력 접착테이프라는 덕트의 본질과 관계가 있을 터였다.

어쩌면 엠제이는 사라지기 전, 세상에 바이러스와 백신을 한꺼번에 던져놓은 건 아닐까? 유어는 종합촬영소 내에서 덕트 테이프를 구할 수 있는 곳을 알고 있었다.

14.

유어는 취재 차량 주변의 빈 생수병을 주워 화장실에서 물을 채웠다. 500ml 물병 두 개를 배낭 바깥 주머니에 꽂고, 다른 두 개는 뚜껑을 따서 양손에 들었다. 유어는 실종자 가족 대책본부가 있는 A세트장까지 쉬지도 않고 달려갔다. 중간에 예비 타르디그로 추정되는 놈들의 괴성이 들렸지만, 다행히 유어에게 달려드는 놈은 없었다. 저희끼리 싸우는지 수상한 마찰음과 비명이 어수선하게 뒤섞였다.

A세트장에 도착한 유어는 촬영용 전선 다발을 묶어놓은 덕트 테이프를 뜯어냈다. 실종자 가족 몇이 왜 또 소란을 피우냐고 성을 냈다. 유어는 사흘 치 피로가 한

꺼번에 밀려오는 것 같았다. 저 바깥에 변이체들이 뛰어다니든 말든, 인류 멸절의 첫 단추가 채워졌든 말든 무구한 얼굴을 하고 있는 저들 틈에서 좀 쉬고 싶었다. 하지만 그 휴식도 오래가진 못할 것이다. 빠르면 오늘 안으로 늦어도 내일쯤이면 저들도 전 지구적인 타르디그 사태를 인지할 것이다.

"소란 피우는 거 아니고 덕트 테이프 뜯어내는 거예요. 꼭 필요해서요."

유어가 못마땅한 표정을 짓는 사람들에게 대꾸했다.

덕트 테이프와 전선 사이에 약간 있는 틈을 이빨로 물어뜯은 다음, 손으로 찢어내어 겨우 제 손바닥을 감을 만한 길이의 테이프를 확보했다. 테이프는 마구 구겨진 채였지만 접착 면이 삼분의 일쯤은 남아 있었다. 유어는 뚜껑이 닫힌 500ml 물병에다 덕트 테이프의 접착 면이 바깥으로 향하도록 감은 다음 A세트장을 나섰다. 이것만으로 타르디그를 없앨 수 있을지 불안했지만 유어는 잃어버린 양말을 찾지 않기로 결심했던 여자, 메리 제인을 믿기로 했다.

덕트의 쓰임을 알아내려면 변이를 완료한 타르디그에게 직접 테스트해보는 수밖에 없었다. 이 종합촬영소 어딘가에 타르디그가 있을 것이다. 유어는 건물 사이를 뛰어다니며 소리를 질렀다.

"이봐, 타르디그! 궁금한 게 있으니까 나와 봐!"

버추얼 스튜디오 근처에서 타다닥 하는 발소리와 괴성이 들리다가 잦아들었다. 유어는 소리가 난 쪽으로 달려갔다. 아까까지만 해도 열려 있던 버추얼 스튜디오의 출입문이 잠겨 있었다. 멀리 종합촬영소 바깥 찻길에서 경찰차 사이렌이 요란하게 울렸다가 멀어져갔다. 곧이어 구급차의 사이렌 소리가 울렸다. 멀리서 또 다른 사이렌 소리가 들려왔다. 이제 저 바깥의 사람들도 유어가 아는 걸 인지하기 시작한 모양이었다.

음악방송 전문 세트장을 지나는데 검은 모자가 다시 나타났다. 놈은 여태 유어를 찾아다닌 것처럼 유어를 보자마자 둥근 잇몸을 드러냈다. 유어가 급히 배낭 옆 주머니에서 생수병을 꺼내어 물을 뿌렸지만, 놈은 물줄기를 피해 달려들었다. 순식간에 놈에게 깔린 유어는 젖은 바람막이를 감아둔 왼쪽 팔뚝으로 놈의 얼굴을 막았다. 다른 쪽 손으로 덕트 테이프를 붙여둔 물병을 들어 놈의 뺨에 붙였다 뗐다.

제발 죽어!

하지만 쩍! 소리와 함께 놈의 솜털만 뜯겨 나왔다. 덕트 테이프는 예비 타르디그한테는 효력을 발휘하지 못하는 건가. 본의 아니게 솜털 제모를 당한 검은 모자는 둥근 잇몸을 있는 대로 벌려 괴성을 지르며 유어의 양손을 내리눌렀다. 놈의 입속에서 튀어나온 두 번째 주둥이가 유어의 코에 닿았다. 자잘하고 날카로운 이빨들이 뚫고 들어갈 자리를 찾느라 유어의 입 주변을 간질였다.

그 순간 퍽, 퍽, 하는 소리와 함께 뜨듯한 액체가 유어의 얼굴에 흩뿌려졌다.

오하석이 골프채를 들고 서 있었다. 검은 모자는 두개골 일부가 함몰된 채 비틀거리며 일어섰다. 모자가 벗겨져 나간 놈의 얼굴은 피범벅이었다. 어후 씨! 유어는 욕이 나왔다. 호수공원에서 변이체를 처음 목격한 이래로 피를 보는 건 처음이었다. 붕대를 풀어 던진 미라 같은 몰골들도 흉측했지만, 피는 피대로 끔찍했다. 예비 타르디그는 유어를 노려보았다. 오하석에게 얻어맞고서도 놈은 표적을 바꿀 생각이 없어 보였다. 괴물은 유어에게로 다시 날아들었고 오하석의 골프채가 놈의 머리를 아주 박살을 냈다.

유어는 얼굴로 쏟아진 괴물의 핏물을 닦아내고 겨우 눈을 떴다.

"유어 씨, 괜찮아요?"

오하석이 유어를 내려다보고 있었다. 유어는 말문이

막혔다. 검은 모자에게서 벗어나려면 놈을 죽여야 한다는 걸 알고 있었고, 유어도 할 수만 있다면 놈을 죽이고 싶었다. 하지만 결국 놈을 끝장낸 건…… 지금 유어의 눈앞에 있는 이 사람이었다. 지금껏 유어를 돕겠다고 이렇게까지 몸을 던진 사람은 없었다. 유어는 제 안에서 불안하게 떠돌던 무언가가 차분히 가라앉는 걸 느꼈다. 낯설고 벅찬 안도감에 목 안이 뻐근해지려 했다.

유어가 천천히 손을 뻗자 오하석은 유어 쪽으로 자세를 낮춰 얼굴을 가져다 댔다. 유어는 가만히 오하석의 얼굴에 묻어 있는 피를 닦아주었다. 오하석은 잠자코 유어의 손길을 받아들였다. 그 손길은 지리멸렬하고 기대할 거라곤 없던 오하석의 인생이 진짜 변곡점을 맞았다는 증거였다. 타르디그로 변하고서도 되찾지 못했던 설렘이 저 밑바닥에서부터 차오르고 있었다. 오하석은 자신이 풀 스윙이 가능한 사람이란 걸 처음 깨달았다. 미리 계산해보고 꼭 필요한 만큼만 운신하며 살아왔는데, 엠버 물총을 건네주던 이 사람을 살려야겠다는 생각에 저도 모르게 최대치의 에너지가 출력되었다. 삶을 다시 타오르게 하는 데 작은 물총 하나면 족하다는 사실을 진즉 알았더라면 생명의 키스 같은 건 받지 않았을지도 몰랐다.

하지만 둘 사이에 불길한 조짐이 점점이, 작고 붉게 돋아나고 있었다.

유어는 오하석의 팔자주름에 끼인 피를 엄지로 문질 렀다. 이어서 손톱으로 입꼬리 부근도 갉작갉작 닦아내 다 갑자기 오하석의 배를 걷어찼다.

"미친, 타르디그였어!"

유어는 서둘러 일어서며 오하석의 얼굴을 빤히 바라 보았다. 오하석도 겁에 질린 유어의 얼굴을 보며 천천히 몸을 일으켰다.

"젠장, 워터프루프 올데이롱 철벽커버 쿠션이라더니 과대광고였나 봅니다."

오하석은 상처받은 얼굴로 말을 이었다.

"맞아요. 나는 타르디그예요. 유어 씨가 요 며칠 마주 친 그놈들과는 다른, 온전한 타르디그예요. 난 뭐든 마 음만 먹으면 남들보다 확실히, 제대로, 먼저 해치우는 편이거든요."

유어가 덕트 테이프를 감은 생수병을 꽉 움켜쥐며 물 었다.

"엠제이 젠킨스의 야드 세일에 초대받았다던 그 한국 인이…… 오 팀장이에요? 어쩐지…… 아까 책을 돌려주면 서 엠제이를 미망인이라기에 뭐가 이상하다 했는데 단순한 말실수가 아니었군요. 책에 따르면 폴은 여전히 실종 상태일 뿐인데. 그럼 그 낡아빠진 스타디움 점퍼는 엠제이에게 받은 뉴욕 양키스 굿즈겠군요."

"거기까지 알아낸 겁니까? 스테인리스 분무기를 메고 나타났을 때 알아봤어야 했는데, 유어 씨는 정말 사람을 여러 번 놀라게 하는 재주가 있군요. 내가 이래서 유어 씨를 쉽게 물지 못한 겁니다. 유어 씨는…… 기다려주고 싶었어요. 나처럼 타르디그가 되어 새로운 인생을 시작하자고 차근차근 설득할 생각이었어요."

"나더러 부비트랩 같은 잇몸을 가진 괴생물체가 되라고요?"

"인간의 눈으로만 봐서 그래요. 타르디그가 되고 보면 종일 먹고 마시는 인간의 입도 만만치 않게 끔찍하게 느껴집니다. 유어 씨가 부비트랩이라 표현하는 타르디그의 입은 '신의 씨앗'이라 불리는 완보동물의 생명력을 물려받은 기관입니다."

"완보동물이면…… 물곰 같은 걸 말하는 거예요?"

"그래요. 하지만 흔한 물곰과는 달라요. 우리의 기원이 된 완보동물은 먼 우주에서 맨몸으로 작은 유성을 타고 지구에 왔습니다. 때를 기다리며 메마른 황무지에서 지내다가 때가 되자 깨어나서 인간에게 생명의 키스를 전파한 거죠. 타르디그가 되면 배고픔과 목마름으로부터 자유로워져요. 집이 없어도 바람을 타고 날아다니며 살 수 있어요. 유어 씨는 인간으로 사는 게 좋아요?"

유어가 침묵으로 대답을 대신하자 오하석이 말을 이었다.

"난 아니었어요. 28년 전 서울의 어느 다세대촌에서 젊은 엄마와 네 살 쌍둥이가 심각한 영양실조 상태로 발견된 적이 있어요. 남편은 집을 나갔고, 친지도 없는 사람이 혼자 일을 다니며 아이들을 키우다가 몸을 다친 거예요. 집주인의 신고로 세 사람은 병원으로 옮겨졌지만, 쌍둥이 중 하나는 결국 죽었어요. 나중에 남편이란 사람이 돌아와서 세 식구가 몇 년을 같이 살았는데, 남편에게 새 여자가 생겨서 결국 부부는 이혼을 했죠. 그때 엄마 곁에 남겨진 아들은 어찌어찌 살아남아서 여기 종합촬영소 고객지원팀 팀장이 됐고요. 유어 씨 보기엔 내가 어떨지 모르지만 내 인생은 끝없는 지뢰밭이었어요."

오하석은 고개를 숙인 채 짙은 입김을 뿜어냈다.

"어려운 이야기 들려줘서 고마워요. 하지만 오 팀장님, 난 인간으로 살아갈 겁니다. 먼지로 흩어지지 않고, 내 세계를 묵직하게 다지며 살 거예요. 사실 한 번도 그렇게 나한테만 집중하며 살아보지 못했거든요. 앞으로도 내 선택은 달라지지 않을 거예요."

"유어 씨, 제발……. 우린 이미 돌이킬 수 없는 흐름을 탄 겁니다. 유어 씨가 자신한테 집중하며 산다고 해도 성공한다는 보장은 없어요. 알잖아요. 세상이 그렇게 호락호락하지 않다는 거. 난 유어 씨와 좋은 친구가 되고 싶어요. 구시대의 즐거움과 계획 따위는 그만 잊고, 나와 같이 새로운 시대로 넘어가요."

"친구가 되고 싶으면 나의 선택을 존중해줘야 하는 거 아닌가요."

"내가 아니어도 앞으로 유어 씨를 물려는 타르디그들이 수십, 수백 만이 생겨날 겁니다. 두려워하며 타르디그들과 싸우는 것보다는 안전한 내 곁에서 타르디그의 세계로 넘어오는 게 좋아요."

"타르디그가 수백 만으로 불어난다고 누가 겁낼 줄 알아요? 어차피 세상은 극소수의 내 편과 절대다수의 냉정한 적들로 채워져 있는 거 아닌가요? 오 팀장님이 덤비면 나도 당하고만 있지 않을 거예요."

유어는 오하석이 바닥에 던져둔 골프채를 집어 들었다. 오하석의 얼굴에 차가운 웃음이 스쳤다.

"머리가 박살 난 놈은 어리석었어요. 온전한 타르디그가 될 때까지 조금만 얌전히 굴었으면 골프채 따위로는 절대 죽지 않는 존재가 되었을 텐데 말이에요. 내가 평범한 인간이었다면 저놈에게서 유어 씨를 지켜주지 못했을지도 모릅니다. 사실 나는 몸싸움에 소질이 없는 인간이었거든요. 하지만 타르디그가 되고 나니 나보다 센 놈들도 상대할 수 있겠더라고요. 타르디그는 외부의 충격 따위로는 죽지 않거든요. 물에 젖어도 멀쩡하고요. 아까 W관에서 A세트장으로 달려갈 때 왜 아무도 유어 씨를 공격하지 않았다고 생각해요? 유어 씨를 노리는 놈들을 내가 처치하면서 따라갔기 때문입니다."

유어는 근처에서 괴성이 들리는데도 놈들의 모습이 보이지 않았던 것을 떠올렸다.

"고마운 일이네요. 하지만 나도 모르는 호의를 베풀어 놓고, 그 대가로 타르디그가 되라 하면 오 팀장님이 그 놈들과 다를 게 뭐죠?"

"유어 씨를 지키려고 내 동족까지 공격했는데, 상당히 서운하군요. 뭐가 됐건 유어 씨는 사람인 채로는 종합촬영소를 벗어날 수 없어요. 유어 씨와 소모적인 싸움을 관두고 싶어서라도 일을 마무리 지어야겠네요."

오하석이 입을 벌렸다.

짙은 입김이 뿜어져 나오고 곧이어 두 번째 주둥이가 튀어나왔다. 유어는 덕트 테이프를 감은 물병을 내려놓고, 두 손으로 골프채를 쥐었다. 그러고는 이빨이 촘촘하게 박힌 주둥이를 향해 골프채를 휘둘렀다. 골프채의 클럽 헤드가 오하석의 잇몸을 강타하기 직전 퍽! 소리와 함께 오하석이 먼지가 되어 사라졌다. 오하석이 걸치고 있던 옷들이 펄럭거리며 바닥에 내려앉았고, 유어의 앞에는 뿌옇게 먼지만 날렸다. 넓게 퍼져 있던 먼지들이 차차 뭉쳐져 배구공만 한 크기가 되어 유어의 눈앞에 떠 있었다.

"오 팀장님?"

유어는 골프채를 바닥에 던져버리고, 아까 바닥에 내려놓았던 물병을 주워 들었다. 물병의 주둥이를 쥐고는 조심스레 구형으로 떠 있는 먼지의 가장자리를 건드렸다. 그러자 먼지는 음악방송 세트장 너머로 날아가버렸다. 유어는 물병의 표면을 자세히 살펴보았다. 덕트 테이프의 접착 면에는 검은 모자의 뺨에서 뜯겨 나온 잔털이 붙어 있었고, 그 사이사이에 아까는 없던 먼지가 들러붙어 있었다. 유어는 잠시 그 먼지를 바라보았다.

"미안해요, 오하석 씨."

유어는 덕트 테이프를 감은 물병을 손질된 정원수들이 늘어선 쪽으로 던져버렸다. 그 순간 W관 쪽에서 요란한 화재경보음이 울렸다.

텍사스 바비큐 직원이 유어에게 상황을 설명했다.

"화재경보기 센서가 고장났나 봅니다."

"혹시 스프링클러가 작동했나요?"

"그렇겠죠?"

아닌 게 아니라 경찰들이 물에 흠뻑 젖은 채 W관에서 나오는 게 보였다. 유어가 사람들을 비집고 입구 쪽으로 다가가는데 경찰 둘이 누군가를 끌고 나오는 게 보였다. 강진만이었다. 강진만은 W관 안쪽을 돌아보며 소리쳤다.

"유슬아! 강유슬! 이제 그만 깨어나라! 엄마 아빠가 기다린다!"

"아빠!"

유어가 달려갔지만 경찰들에게 가로막히고 말았다. 강진만과 유어의 눈길이 마주쳤다.

"네가 옳았다. 저 안에 사람들이 있었어. 스프링클러에서 물이 쏟아지자마자 구석 쪽 바닥에서 빵 반죽 부풀듯이 덩어리들이 스멀스멀 솟더라. 유슬이는 못 봤지만 저기 있는 게 틀림없어. 유어야 뒷일을 부탁한다!"

유어는 신선한 충격을 받았다. 강진만은 오밤중에도 초록불이 아니면 횡단보도를 건너지 않을 만큼 고지식한 사람이었다. 그런 강진만이 대기동에 쳐들어가서 기어이 스프링클러를 작동시킨 것이다. 강진만이 연행되고 취재진들이 W관 입구 쪽으로 몰려들었다. 그때 안에서 찢어질 듯한 비명 소리들이 들렸다. 여남은 명, 어쩌면 그 이상의 사람들이 한꺼번에 내지르는 소리였다.

"살려주세요!"

"여기 사람 있어요!"

"우리 좀 꺼내주세요!"

취재진들이 놀란 눈길을 주고받다가 누가 먼저랄 것도 없이 건물 안으로 뛰어 들어갔다. 유어도 그 틈에 섞여 건물로 밀고 들어갔다.

"강유슬! 거기 있지? 유슬아! 언니야! 언니 목소리 들리면 대답해!"

그리고……

"언니! 언니! 언니!"

로커룸이 늘어선 벽 쪽에서 누군가 언니를 찾고 있었다. 유어가 그쪽으로 달려가려는데 취재진이 유어를 붙잡았다.

"전에 양말 이야기하셨던 분 맞죠? 언니분은 동생이 저기 있다는 걸 언제부터 알고 계셨습니까?"

기자는 취재 요청 절차도 생략한 채 마이크를 들이밀었다. 유어는 소리가 난 로커룸 쪽을 바라보다 황급히 입을 열었다. 현 사태의 돌파구를 많은 사람들에게 알리려면 방송이 필요했다.

"양말이 사라져 봤자 집 어딘가에 있듯이 사람들은 처음부터 저기 있었어요! 이제 여러분도 사람을 물어뜯는 괴질환자 소식을 접했을 거예요. 이 건물에 억류된 보조출연자들도 괴질환자에게 공격을 당한 뒤 일종의 가사 상태에 빠져든 겁니다. 괴질환자에게 물리면 몸이 먼지처럼 변하고, 삼사 일간 첫잠이라는 긴 잠에 빠져듭니다. 첫잠에 빠진 사람은 물을 뿌려서 깨워야 해요. 물을 뿌리면 먼지로 변했던 몸이 원래 모습으로 돌아오고, 괴질환의 진행을 막을 수 있습니다."

유어는 변이가 완료된 괴물을 상대하려면 덕트 테이프가 필요하단 말을 덧붙이려다 말았다. 오하석을 상대로 실험했지만 아직 그 결과가 확실하지 않았다. 또 덕트 테이프가 진짜로 효력을 발휘한다면, 그 귀한 정보를 세상에 공짜로 풀 수는 없었다. 유어의 머릿속이 인류 멸절 시대에 맞는 아이디어로 가득 찼다. 일단 덕트 테이프 물량부터 선점하고, 덕트 테이프 제조사의 주식을 확보하고⋯⋯ 옷을 남기고 먼지가 되어 날아가는 타르디그를 위한 옷 배달 서비스 사업을 시작해도 좋을 것이다. 이 싸움이 인간의 승리로 끝나든, 타르디그의 승리로 끝나든 유어는 사업을 계속할 생각이었다. 유어는 방송 카메라를 똑바로 보며 말을 매조지었다.

"물을 뿌리세요, 여러분. 괴질환자도, 괴질환자에게 물린 사람도 물로 상대하는 수밖에 없어요. 먼지에는 그저 물입니다."

인터뷰를 마친 유어는 로커룸이 있는 곳으로 뛰었다.

대기동 안에는 살갗이 울툭불툭 부풀어 오른 알몸의 실종자들이 첫걸음마를 떼는 사슴처럼 비척거리며 걷다가 넘어지길 반복하고 있었다. 물이 닿을 때마다 실종자들은 괴로운 듯 소리를 지르며 몸을 뒤틀었지만, 하나둘씩 차츰 안정을 찾아가고 있었다. 취재진과 경찰들이 급한 대로 자기 옷을 벗어서 사람들의 몸을 감싸주었다. 유어도 여태 팔뚝에 감고 있던 바람막이 점퍼를 펼치며 실종자들 사이를 지나갔다.

"언니! 언니! 나 여기 있어."

유어보다 키가 조금 큰 여자가 엉거주춤한 자세로 유어를 부르고 있었다. 유슬이었다.

"강유슬……."

유어의 인생에 처음 등장하던 날만큼이나 요란한 귀환이었다. 유어는 동생에게 바람막이 점퍼를 입혀주었다. 녀석의 입 둘레에는 이빨 자국이 찍혀 있었다. 아직

원상태를 회복하지 못한 녀석의 피부가 울긋불긋했다.

"언니…… 나는 언니가 와줄 줄 알았어."

유슬이의 울먹이는 소리에 유어도 눈물이 났다.

"너 땜에 엄마 아빠한테 볶여죽는 줄 알았다."

유어는 동생을 안아주었다. 세상에서 가장 성가시고 밉고 아주 가끔씩은 사랑스럽던 짐짝을 오래 안고 있었다. 시큼한 땀내에 젖은 흙냄새가 더해진 체취를 풍기는 녀석의 목덜미에 코를 박고 있으려니 마음이 놓이면서도 가슴에 축축한 소용돌이가 생기는 것 같았다. 유어의 인생에 마침표 하나가 찍히고 있었다. 유어는 길었던 언니 노릇, 맏딸 노릇이 종료되었음을 느꼈다. 이 어수선한 세상에서 엄마 아빠와 유슬이를 다시 만나게 된다면 그때는 그저 한 사람으로 그들을 마주하고 싶었다.

실종자들은 고양시와 파주시의 음압 병실들로 분리 이송되었다. 현장 기자들 말로는 구출된 보조출연자들은 전문 의료진의 보호를 받으며 치료에 들어갈 예정이라 했다. 새로운 취재 차량들이 속속 종합촬영소로 몰려들고 있었다. 실종자들을 찾았으니 그다음은 이 문명사회의 전문가들이 나설 차례였다. 유슬이 또한 엄마와 아빠, 전문 의료진에게 맡기는 수밖에 없었다. 엄마와 긴 통화를 마친 유어는 종합촬영소 2차 건설부지 울타리에 등을 대고 앉았다. 울고 싶었다. 훌쩍거리는 시시한 울음 말고 변이체들처럼 입김이라도 훅훅 뿜어내며 속의 것들을 있는 힘껏 모두 내뱉고 싶었다.

15.

완보동물. 영어로는 '타르디그레이드(Tardigrade)'.

유어는 지식백과의 설명 페이지를 읽어 내려갔다. 완보동물은 극한의 환경에서도 생존할 수 있는 동물문으로 흔히들 물곰이라 부르는 무척추동물이었다. 기후가 건조해지면 물곰은 체수분을 줄이고 몸을 수축하여 가사 상태에 들어간다. 그러다가 다시 수분이 충분한 환경에 놓이면 원래대로 팽창하여 활동을 시작한다. 타르디그라는 명칭은 타르디그레이드(완보동물)에서 유래한 듯했다.

전문가들의 연구 결과가 나와 봐야 알겠지만, 우선 유어가 보기에 놈들은 인간과 물곰의 수상한 결합체 같았다. 인간을 행성의 유일한 지배종이라는 위치에서 끌어내리려는 존재가 완보동물이라는 사실에 유어는 실소가 터졌다.

"고마워요. 덕분에 내 친구들 찾았어요. 다음에 꼭 바비큐 먹으러 와요."

"그쪽도 수고했어요."

체코인과 작별인사를 나눈 뒤 유어는 배낭에서 〈잃어버린 양말 이론〉을 꺼냈다. 며칠 전에 읽었을 때만 해도 무심코 지나쳤던 부분이 새로운 의미로 다가왔다.

로어노크섬 사람들을 흙먼지로 만든 힘의 출처는 알 수 없다. 인디언들의 주술은 고려의 대상이 아니다. 여기서 유물론자였던 내 어머니의 영향력을 다시 고백하지 않을 수 없다. 인디언에게 인간을 흙먼지로 만들어버릴 강력한 주술이 있었다면 유럽에서 건너온 개척자들에게 땅을 빼앗기지도 않았을 테니까. 세상을 움직이는 것은 마법이 아니라 힘의 강약이다.

나는 새로운 힘의 기원이 저 하늘에 있다고 믿는다. 실제로 로어노크섬을 탐사하러 노스캐롤라이나주에 갔을 때 나는 하늘에서 돌과 함께 신들이 추락했다는 어느 인디언의 전설을 접할 수 있었다. 주술과 달리 전설에는 당대의 진실이 녹아 있는 경우가 많다. 전설에 따르면 천지를 흔드는 굉음과 함께 하늘에서 붉은 돌들이 쏟아졌고, 다음 날 마을의 용감한 청년 10명이 돌을 주우러 갔으나 살아 돌아온 자는 하나였다. 그마저도 충격으로 정신이 온전치 않은 상태가 되어 틈만 나면 친구들이 돌을 만졌다가 순식간에 흙먼지로 변해버렸다고 외치고 다녔다. 마을의 건장한 청년 아홉이 사라지고 남은 하나는 총기를 잃고 돌아온 뒤로 마을 사람들은 하늘에서 날아드는 돌을 두려워하게 되었다고 한다.

이 전설에서 내가 주목한 것은 운석이다.

운석에 묻어 온 외계 물질이 인간을 흙먼지로 만들어 버린 게 아닐까.

나는 그 흙먼지란 게 실은 작은 유기물 조각들이었으리라 확신한다. 온몸의 수분을 배출한 뒤 작은 분자구조물로 축소되었다가 다시 본래 모습으로 돌아오는 복원력을 지닌 유기물이었을 것이다. 하지만 운석에 묻어 온 것이 무엇인지 혹은 누구인지는 나도 알 수가 없다. 내가 아는 건 그것이 맨몸으로 우주를 건너온 존재라는 것뿐이다.

-〈잃어버린 양말 이론〉, 61P

유어가 종합촬영소를 벗어날 즈음, 유튜브 채널에 올라온 뉴스 클립 하나가 십 분도 안 되어 백만 조회수를 기록했다. 타르디그가 인간을 습격하는 과정을 생생하게 담아낸 영상이었다.

"자매여! 우주를 건너온 신께서 생명의 키스를 하사하

시니, 거추장스러운 인간의 몸을 벗어 던져라!"

거구의 타르디그가 삼십 대 중반쯤 돼 보이는 여자를 물어뜯으려 했다. 여자가 저항하자 타르디그는 주먹으로 여자를 때려눕히고는 그 흉측한 잇몸을 드러냈다. 근처에 있던 주민들이 바가지로 물을 퍼붓자 타르디그는 여자 위로 푹 쓰러져서는 온몸의 근육을 출렁이며 발작했다.

곧이어 또 하나의 뉴스 영상이 백만 조회수를 기록했다. 이번에는 생명의 키스를 받으려고, 거리로 쏟아져 나온 사람들의 모습이 담긴 영상이었다. 건물 바람벽이나 가로수에 들러붙어 있는 고치 상태의 타르디그들도 간간이 눈에 띄었다. 산업혁명 시대의 굴뚝들처럼 타르디그들은 쉬지 않고 입김을 뿜어냈다. 세상은 또 한 번 혁명기로 접어들고 있었다. 취재기자가 사십 대로 보이는 행인 하나를 붙들고 생명의 키스를 받으려는 이유를 물었다. 여자는 피로에 찌든 얼굴로 카메라를 마주하곤 담담히 말했다.

"지쳤어요. 내 입 하나 건사하기도 너무 피곤하네요. 그래서 쉬었다 가려고요."

이어서 십 대 하나가 카메라 앞으로 뛰어들었다.

"수능 보고 나면 어차피 가루가 되도록 까일 거니까,

미리 먼지 인간이 되려고요. 엄마 아빠, 먼저 변해보고 좋으면 말씀드릴게요."

거리엔 타르디그가 되고자 하는 자들만 있는 게 아니었다. 분무기와 물바가지를 들고서 가족을 찾아 도로로 쏟아져 나온 시민들도 있었다. 무리를 이룬 사람들이 물을 뿌리며 대중교통이 멎은 찻길을 따라 행진하고 있었다. 영상은 드론이 비춘 도심을 보여주는 것으로 끝이 났다. 카메라에 담긴 도심은 축제가 한창인 어느 도시의 풍경 같았다.

종합촬영소 앞 버스 정류장 부근에서 부비트랩 잇몸을 가진 놈들 대여섯이 유어를 발견하고 달려왔다. 유어는 물을 뿌려가며 가까스로 세 놈을 제압했다. 하지만 물은 곧 동났고, 남은 놈들과의 거리가 점점 좁혀지고 있었다. 변이체들 여럿이 한꺼번에 달려드는 시나리오를 예상 못 한 바는 아니지만, 실제 상황이 되자 유어는 저도 모르게 뒷걸음질부터 쳤다. 그때 수족관에 물을 채운 횟집 용달차가 놈들을 차례로 들이받고는 유어 앞에서 멈추었다.

"타세요!"

유슬이 또래로 보이는 사람이 용달차 운전석에서 소리쳤다.

"좀 전에 보셨다시피 도로 사정이 상당히 안 좋으니까 벨트 단단히 조이시고요."

유어가 운전석에 올라타자마자 트럭은 최대치로 속도를 올렸다.

"분위기가 좋지 않은 때에 차를 몰고 나오셨군요."

"그러게 말이에요. 실은 형이 시내에서 놀다가 어디 영화관에 고립되었다지 뭡니까. 사람을 물어뜯는 괴질 환자들이 날뛰는데 비상사태로 대중교통이 멈췄다니까 어쩌겠어요. 내가 데리러 안 가면 엄마가 차를 몰고 나갈 기세더라고요."

남자는 심기가 불편한 얼굴로 찻길의 변이체들을 인정사정없이 들이받으며 트럭을 몰았다.

"어디서 내려드릴까요?"

"고양시 내에서만 내려주시면 됩니다."

트럭은 자유로를 따라 질주했다.

어둠에 잠긴 장항습지를 내다보던 유어가 남자에게 물었다.

"앞으로 어떻게 될지 무섭지 않아요?"

"두렵긴 한데 아주 낯설지는 않아요. 세상이 망하는 상상을 자주 했거든요. 형은 자기 하고 싶은 걸 하고 사는데, 나는 고등학교 때부터 엄마 아빠 횟집 일을 거들어야 했어요. 부모님 일을 도와서 나쁠 건 없지만 월급을 받아본 적이 없어요. 두 분 말씀으론 나중에 횟집을 나한테 물려줄 거라는데 그건 그때 돼 봐야 아는 일이고, 현재로선 횟집 해서 번 돈의 절반 이상이 형 뒷바라지에 들어가고 있어요. 숨이라도 돌리고 오려고 두 분 몰래 워킹 홀리데이 신청해놨는데, 세상이 이 꼴이라 못 갈지도 모르겠어요. 진작 떠났어야 했는데. 그쪽은요? 앞으로 어떻게 할 생각이에요?"

"또 먹고살아야겠죠? 세상이 망한 김에 내 맘대로 살아볼까 싶어요."

"그럼 자발적으로 괴물들한테 물리고 그러진 않겠네요."

"그럼요."

유어는 오늘도 유어였고, 끝까지 유어일 터였다. 홍대 사주카페 사장은 유어더러 용이 되어 물을 뿌릴 운명이라 했다. 용이 되진 못했으나 너도 나도 물을 뿌리는 시대가 되었으니 사장의 말이 아예 틀린 건 아니었다. 유어는 물의 시대를 맞아 물 만난 물고기처럼 살아볼 수도 있지 않을까, 기대를 품어보았다. 혼란스럽고 불안한 하루가 저물고 있었다. 따지고 보면 타르디그가 나타나기 전에도 대부분의 날들이 그러했다. 하지만 늘 그랬듯 내

일은 내일의 해가 뜰 것이다.

"다행이에요. 사람들이 다 괴물로 변해버려서 나중에 내 이름으로 횟집을 개업했을 때 손님이 없으면 어쩌나 걱정했는데."

둘 다 소리를 내진 않았지만, 남자도 유어도 서로의 웃음을 감지할 수 있었다.

고양시의 아파트 단지가 보일 즈음 찻길 복판을 따라 걷는 사람이 보였다. 하얀 셔츠에 어두운색 정장 바지를 입고, 바지 뒷주머니에 엠버 물총을 꽂고 있는 남자였다. 남자는 트럭의 불빛을 감지하자마자 돌아서서 부비 트랩 같은 잇몸을 드러냈다. 트럭 운전자가 타르디그를 들이받으려고 액셀을 밟으려는 걸 유어가 말렸다.

"그냥 지나가주세요. 부탁입니다."

"아는 놈이에요?"

유어는 짧게 고개를 끄덕이는 것으로 대답을 대신했다. 트럭의 헤드라이트 불빛을 마주한 타르디그는 머리털이 반쯤 사라지고 없었다. 오른쪽 이마에서부터 정수리 오른쪽 뒤통수까지, 바리캉으로 머리털을 말끔하게 밀어버린 것 같았다. 그리고 오른쪽 귀가 사라지고 없었다. 유어는 생수병에 감아둔 덕트 테이프에 묻어 있던 먼지를 떠올렸다. 엠제이 젠킨스가 폴과 로어노크 출신의 남자를 죽인 방법은 역시나 덕트 테이프의 접착력을 이용한 것이었다. 먼지는 타르디그들의 신체 일부였고, 덕트 테이프의 접착 면에 신체 일부를 빼앗긴 타르디그들은 온전한 모습으로 돌아올 수 없게 된다.

"하지만 저놈이 우리를 공격하면 어쩔 거예요?"

"공격하지 않을 거예요."

"그걸 어떻게 알아요? 저놈들은 좀비처럼 사람만 보면 물어뜯는다는데."

"엠버 물총을 여태 가지고 있잖아요."

"네?"

"먼지가 되어 트럭에 달려들면 입은 옷과 엠버 물총이 길에 버려지게 되거든요. 저 사람은 엠버 물총을 버리지 않을 거예요."

오하석을 지나친 트럭이 길가에 사람을 내려놓고 떠났다.

배낭을 앞으로 멘 사람이 오하석을 바라보고 있다. 오하석이 아는 사람이었다. 한바탕 싸운 상대이며 오하석의 얼굴에서 귀 하나를 지워버린 사람이었다. 먼지 상태일 때 오하석은 유어가 집어 든 물병에 덕트 테이프가 감겨 있다는 걸 알고 있었다. 유어는 오하석을 반으로

186

가를 수도 있었는데도 먼지의 가장자리만 건드리고 끝냈다.

"무슨 자신감으로 차에서 내린 거죠? 온몸에 덕트 테이프라도 바른 겁니까?"

"그냥 걷고 싶어서요. 며칠 동안 숨차게 뛰어다녔더니 이젠 좀 걷고 싶네요."

유어는 오하석이 다가오길 기다렸다가 도시를 향해 걷기 시작했다.

작가의 말

내가 속한 세상을 지켜내기 위한 전쟁과 내가 속한 것들로부터 벗어나기 위한 전쟁, 그 두 가지 전쟁에 대해 듣고, 보고, 겪은 바가 있다. 그리고 그 전장들을 오가며 먼지처럼 흩날리는 삶에 대해서도 듣고, 보고, 겪은 바가 있다.

『먼지가 되어』로 우리가 거쳐 온 전쟁들과 먼지처럼 떠돌던 삶을 들여다보고자 했으나, 최종 판단은 내리지 않았다. 자갈처럼 묵직하게 가라앉아서 나의 삶을 다지려는 욕망과 허공에서 한 줌 먼지로 폭발하여 세계를 해

체하려는 욕망은 가치판단이 아니라 선택의 문제다.

그래서 '지금은 강유어, 마지막에도 강유어'인 너를 사랑하지만 네가 '지금은 강유어, 마지막에는 타르디그'였어도 사랑했을 것이다. 우리는 신나게 물총을 쏘고 또 즐겁게 폭발할 것이다. '생명의 키스'라는 이름으로 선택을 강요하는 자를 맞닥뜨리면 물총의 개머리판과 덕트테이프로 응징한 뒤 다시 축제를 이어갈 것이다.

오랜만에 나의 본진인 B급 SF로 돌아와서 기쁘다.

이토록 마이너한 이야기를 읽어줄 사람이 있을까, 하는 고민에 몇 년간 B급 서사를 멈추었었다. 그 시절 너의 B급을 좋아한다고, 계속 쓰라고 격려해준 목소리들이 있었다. 인간만 골라서 잡아먹는 식인식물 이야기와 렙틸리언 청소년의 이야기를 읽어준 송수연 평론가님, 먼소리를 듣는 아이 구달의 이야기를 읽어주고 본인은 더매력적인 B급 서사를 선보이는 이규락 작가님, 두 분께 감사의 마음을 전합니다. 두 분 덕에 B급의 불씨를 간직할 수 있었습니다. 그 불씨들을 하나씩 꺼내어 B급 서사로 완성할 때마다 두 분을 기억하겠습니다.

중단편이었던 초고가 경장편으로 마무리되기까지, 오롯이 강유어의 이야기였던 초고에 오하석과 한재원의 삶이 더해지기까지, 타르디그들이 입김을 내뿜는 거리를 함께 걸어준 윤설희 편집자님과 사계절출판사 편집부에도 감사드립니다.

끝으로 이 책을 집어든 나의 독자님,
당신이 물총을 들고 행진하는 날에도, 먼지가 되어 날아가는 날에도, 한결같은 지지와 사랑을 보냅니다.

어느 봄날,
물총을 곁에 두고
김아직 씀.

먼지가 되어

2024년 4월 29일 1판 1쇄

지은이
김아직

편집		**디자인**
김태희, 장슬기, 윤설희, 최경후, 이여름		김효진

제작	**마케팅**	**홍보**
박흥기	이병규, 이민정, 김수진, 강효원	조민희

인쇄	**제책**
천일문화사	J&D바인텍

펴낸이	**펴낸곳**	**등록**
강맑실	(주)사계절출판사	제406-2003-034호

주소		**전화**
(우)10881 경기도 파주시 회동길 252		031)955-8588, 8558

전송
마케팅부 031)955-8595, 편집부 031)955-8596

홈페이지	**전자우편**	**블로그**
www.sakyejul.net	literature@sakyejul.com	blog.naver.com/skjmail

페이스북	**트위터**	**인스타그램**
facebook.com/sakyejul	twitter.com/sakyejul	instagram.com/sakyejul

© 김아직 2024

ISBN 979-11-6981-190-3 03810